一生都在跑龍套

人生散文選

任真 著

不是蓮花，也是蓮葉

台灣奇士美化妝品股份有限公司董事長
李永章

我愛好書畫，台北地區凡有展出，我不管工作如何忙碌，總會抽出時間去觀賞，希望自書畫家魔幻手指所創制的作品中吸取養分，提高自己的性靈修養，並藉著自己的熱心推介，多少為朋友同僚厚植台灣文化的根株，收到一點宏揚中華文化的功效。

文化沒有排他性，也不含強烈的政治色彩，只要我們接受、護持、厚植、融會再轉化它，它便可以蔚為氣象，形成風氣，潛移默化一個人的氣質和觀念做法，讓我們虛幻的人生變得多采而豐實。

二〇一三年春節前，我在總統府廣場觀賞台灣書法家揮毫表演，我四處逡巡，歷覽書家們行草篆隸的書藝作品，當我走到一位體型瘦小人也顯得有幾分老態的書家桌前，我仔細觀賞他運腕用筆方法，行書字體，渾圓厚實，我看出這不是三幾年功夫就能到達的境界。我請他為我寫張條幅，他立揮而就，流暢豐潤，極得中國書法妙造之美。另外幾位索字的朋友，他把姓名地址登記後，鄭重告訴他們會掛號郵寄。

我看這個人言語不多，幾乎近於木訥，但表情誠懇，應該不是一個虛晃一招的人物，我遞給他名片，盼望以後保持聯絡。

春節後，我終於約到他在我公司見面，他帶來一些作品，包括行書、楷書、隸書以及蘭亭序條屏，長達八公尺左右的行書橫卷等等，果然見出此人在書法上下過功夫——他叫侯人俊。

當日，我約了扶輪社和商界的幾位好友觀賞他當場揮毫。

老侯泯除陌生感後，他流暢地為我朋友一一完成索字所託。他告訴我他軍人退伍，是個大老粗。軍人豪邁，凡事大刀闊斧只圖個痛快淋漓，把自家生死頭顱一生幸福付之於一諾之間。豈止性情老粗，為兌現承諾把生命也視為粗疏。

半日勞苦，我送他一份酬勞，他堅持不收。一位早年退役後又熱愛書法的老兵，當然生活清苦，這分酬勞只是供他買紙張筆墨而已。

不幾日，我收到一隻小郵包，內裝《紅塵劫》與《寒夜挑燈讀》兩本書，看看作者簡介，原來是自謙為大老粗老侯的著作，他筆名任真。且已出版過十幾本作品。

孔子曰：「以貌取人，失之子羽。」以孔子之聖，尚且把弟子子羽澹台滅明看左了。我們怎可能一眼就能洞察對方的表裡呢？

評鑑人物優劣原本是件難事，有人蘊含深厚而表現如水般清澈明亮；有人有多少內涵就見出多少道行；有人表裡如一，言行不掩清濁，像水滸傳中李逵、魯智深一流人物；有人則如深海潛流，湍激濤捲，表現卻是平靜無波。

去年，老侯又推出《春融融》散文集出版。我忙完公司事務後，總愛揀出老侯的作品，深一層認識這個大時代小人物的人生觀和文字修養。我不作結論，我只覺得作者十九歲離家，自己讀書、習書法，自我摸索學國畫、寫作，他在盡力提昇自己，不願把一生大好歲月輕擲在浮薄的感官喜樂中。

他對人生世相、歷史潮流、朝代替遭、事功成敗、人事代謝，有他自己的看法，這不僅是他閱歷人生順逆的總匯，也是他自經史和不斷閱讀中知見與世相參證的心得。寫景、寫情、敘事、說理，都有他獨特的文字魅力。

老侯不怕老，每日仍然讀書、習書法……，今年，他又推出《一生都在跑龍套》這本雜文集面世。看到書名，我不由莞爾。在這人生舞臺上，除了少數人物出任主角外，誰不是為衣為食在跑龍套？

事業大小，各有舞臺表演場地，主角大小也有等差，跑龍套也是一種角色，分量輕重不同，其重要性並不亞於挑大樑的主角。

在我與老侯交往近兩年的時日中，我感受到他做人做事極有分寸，取予之間把持得恰到好處，不紅眼也不冷眼，他只恰如其分地做好他自己這個角色。我想，這應該是他父訓母教和得自中華文化薰陶的結果。

《一生都在跑龍套》是以作者個人和家庭為主軸的一本書，再旁及歷史興廢和人生百態，大時代中的一隻小泡沫，這隻小泡沫就是這個時代許許多多小人物歷史面貌。誰主成敗？誰主浮沉？與跑龍套的小人物無干。人在浪濤中浮沉，若不自我掙扎爬上岸，小泡沫便會化為烏有。

作者自我約束嚴格，在沒有父母監管之下自己管理自己，一生不菸不酒不嫖不賭；在追求人生享樂輩的心目中，這種人毫無樂趣可言，不如說是白來人世一趟。自我國傳統教育兒女期望而論，他有堅持、有原則、有目標、有理想。大人物挑重擔走遠路，小人物做小事。濁流滔滔，他不曾淹沒。

老侯的作品中有許多篇章描寫蓮花，可見他對蓮花的喜愛。

宋大儒周敦頤所作〈愛蓮說〉云：「……出淤泥而不染，濯清漣而不妖，中通外直，不蔓不枝，香遠益清，亭亭淨直，可遠觀而不可褻玩……蓮花君子者也。」大儒以花喻人。人之潔身自愛，不為世俗所汙染，如同蓮花出淤泥而不染，自有其獨特的清標與風骨。

賞蓮最好在陣雨過後，灰塵已被洗淨，滿湖碧綠，蓮花各有姿態，迎風而笑，特別清麗。蓮葉不管蓮花逞姿鬥豔，它自得其樂玩它的雨珠。我想，老侯這個人不是蓮花，也是蓮葉，一生清亮，陪襯蓮花佔盡夏日花卉芬芳，他只是盡責盡分作好他自己陪襯的角色。人人如此，人世間那還有紛爭和攘奪呢。

我喜歡老侯立身處世的態度，也喜歡他內涵豐富的作品，故樂為之序。

長路奉獻給遠方

琹涵

我讀任真的《一生都在跑龍套》，他謙稱，只是一本雜文集。其實，是很好的散文作品。

書裡有他今生履痕的深情回望，從成長、當兵、工作到此刻黃昏的滿天雲霞，其中交織著山河易色、流離歲月。十九歲離家，此後，再無機緣見到父母，一別竟成永訣，那是人子最深的傷痛。可是，上天還是疼惜他的，他在台灣落地生根，胼手胝足，建立了屬於自己的甜蜜家園。有賢慧的妻子和好兒女，如今枝繁葉茂，兒孫滿堂。

任真謙沖自牧，從他的書名《一生都在跑龍套》，就可以窺見。如果他真的都在跑龍套，我以為，他也是很認真的跑啊跑，不曾敷衍苟且、渾水摸魚。

這樣認真的態度，也表現在他的讀書、寫作上。

寫作像種一畝心田，要經歷過多久的播種、耕耘，才能期待收成。僥倖，只是一時，終究要還回去。到最後，我們都得承認：在寫作的漫漫長途裡，只有老實的讀，老實的寫，才是真辦法，才能「功不唐捐」。一步登天？沒有的事。

這本書寫得好，有他的特點：

旁徵博引，饒富趣味

任真學養豐厚，廣讀文史古籍，幾十年下來，都成了他創作的滋養。例如，〈吃出文化來〉，可以從人類的進化談起，中間引用孟子、荀子的高論以及各地飲食的特色，讓內容豐富，讀了還能長知識。

又如，〈婚姻真是個大問題〉，不只抒發了個人對婚姻的見解，還談及伏羲氏制婚姻、《禮記》中婚媾的儀禮，甚至面對今日的續娶和再嫁，也都立論精闢卻又用詞親和有趣。

人生歷練，智慧之語

人生才是一本真正的大書，任真八十年的生活歷練，也多的是智慧箴言。如，〈友情不枯需澆水〉一文中所寫的：「友情像是銀行存款，需要時可以領取，但要記住時時存入，而且量入為出。如果支取頻繁，只取不存，再多的存款也會變成赤字。」真是鞭辟入裡，是生活的智慧，也蘊含了人生哲理。

書人輝映，人品自高

我喜歡讀散文，那是因為散文最能反映作家的人格。我從來都相信：如果人品不好，文字也就無足觀了。

任真是一個怎樣的人呢？

他在〈自己拓條人生路〉中，寫下：「我一生要求取予有分際，非分之財不妄取，非我應說的話不妄言，宅心忠厚心存感恩。」人如其文，他也的確是這樣一位謙謙君子。

整本書裡，我個人更偏愛的，是他有關讀書的篇章。如〈醉夢一生〉、〈讀書最樂〉、〈糊塗讀書讀糊塗〉等等。任真老是自陳這一生愚蠢到頂；然而他的父親畢竟在他年幼的心田播下了讀書的種子，隨著時日的推移，茁長、開花、結果。他終生是個愛書人，甚且寫書以嘉惠讀者。那是一條不同於世俗名利的路，是非不到，另有一種從容自在，我以為那是幸福。

是一個父親對兒子更深的愛和祝福。

人的一生，也只在奉獻與分享。如果長路奉獻給遠方，那麼，任真以他的真誠文字奉獻給這個世界，以他的悲歡和我們分享。冀望的是，這個人世可以變得更好。

謝謝任真。

自序

任真

不是著書立說，不妄想傳世留名，只是忠實地記錄自己，給自己一個交代。沒有光華燦爛的一生，畢竟也走過了數十年苦難窮困的歲月。

自先秦歷兩漢而宋明，若非清乾隆皇帝大魄力大手筆，萃集群儒裒集成《四庫全書》，成就為中華文化的大寶庫，許多先人著作可能早已流失湮沒了。

像我這種屑屑小人物，幾本不成氣候的作品，還能奢望傳之久遠嗎？許多大作家的作品，也只是紅個三幾年就成了時代泡沫。我的作品豈能例外？

古人著作能夠流傳到今日，一是靠自己出資鏤板，二是富達親友為之出版，其次，年遠時久，後人或仰慕他的士人集資雕板，才讓我們兒孫有幸接受文化芬芳。我只是把自己一生的苦難足跡串聯成夜市攤的燒烤，為自己留下一點點紀錄。

《一生都在跑龍套》是我個人一生的粗略寫實，自家庭、學校、軍旅，我都不是可主浮沉的人物，雖是搖旗吶喊跑龍套，也在盡全力演出，總希望這齣人生戲劇不要唱砸了。成就了別人，也讓自己有點成長。

因為是跑龍套，所以不必肩負艱重，才有餘力餘暇做點自己想做的事，因之，讀書、繪畫、寫作、習書法，讓這些大人物視之為雕蟲小技的事情來美化自己。縱未美化，但自這些事件中，我學習，觀察，省悟，參證，提出自己的一點點看法和想法，讓這個龍套的呆行呆想留下紀錄。就算是丑角，應該也有娛樂觀眾的一點點功效。

我不敢奢望他人同意我的觀點，有人首肯我感恩；有人鄙薄，我不怨尤；只怪自己功力不足。正如我讀一本書或看一場展出，我也有自己不同的看法。民主社會，只要不違背禮法和善良風俗，人人可以獨樹一幟——標舉清高，自說自話。

感謝奇士美化妝品股份有限公司董事長李永章先生為本書寫序。

很奇特也很僥倖，我於疲暮之年認識了李董。

李董是位文化商人，他關心臺灣、熱愛書畫，更深識遠慮到中華文化的傳承。他一生以智慧以勤勞擴張事業，以真誠交結朋友，更以仁者襟懷關愛別人，幫助有為有守的年輕朋友開創事業，實現理想。他希望人人向上、社會清純而良善。

我們因為書法而結緣，相識幾個月後，他聘我為公司高級顧問，我對經商全係門外，怎能勝任貢獻智慧謀猷商場拓展工作呢？所謂當顧問，純為李董透過這一名義每月送給我一分酬勞供我買筆墨紙張之用，冀望我在書藝中更上一層樓。

他鼓勵我開書法展，慨諾只要他能力所及，他竭全力資助我完成願望。

我習書法只圖怡弄心性，謀利既不可得，沽名更無必要。人到耄年已經勘透生死存歿榮華得失榮辱機關。我婉謝了李董那份雅意。

李董常常命我以行書寫下列幾幅字送朋友。

與天地精神相往來。

充海闊天空之量，養先憂後樂之心。

白雲在天，滄波無極；襍花生樹，群鶯亂飛。

德者，事業之基，未有基不固而棟宇堅久者。心者，修齊之根，未有根不植而枝葉榮茂者。

由這些內容，可以看出李董的胸襟不是止於商場逐利而已。他交遊滿天下，一個誠字與人建立終始不渝的交情。他希望每個人在衣暖食飽之後，充海闊天空之量，愛己更愛人；不要吝惜餘力助人成功，滌淨心臆渣滓，涵養人憂己憂、人飢己飢的仁者懷抱。

人活著，不只為自己和家人豐衣足食而已，還有身邊四周廣大的群眾要關愛。

李董賜序，讓我感到十分榮寵。

名作家琹涵是我文字生涯中最重要的一位朋友。

我們沒有酒食徵逐，也不曾在咖啡座上閒聊一時半刻。我們只在志業上互相鼓勵與勗勉。

人生數十寒暑，數一數，究竟有幾位朋友沒有任何利害衝突？只希望對方志業日新而欣然鼓掌稱快呢？

琹涵非常自斂，即使著作如林，談詩、談詞、談曲、談人生修養……她始終不黨不群，孤獨貞介把自己藏在書海中潛心著述。在朋輩中，她光華四射，卻極溫潤，不曾咄咄逼人，耀人眼目，使人不敢逼視。

我知道，她讀書寫作，極為忙碌，我請她為本書寫序，她滿口承諾，並且熱心地幫我校對一遍。《紅塵劫》、《寒夜挑燈讀》、《春融融》三書，琹涵也為我找出許多稗子。琹涵是名作家名國文老師，用字用詞精準得千牛搬不動，萬夫無力移，經她如此一番墨斗修正，四本書的錯失也不由面目一新。這分友情，叫我用何種計算機算出它的長短輕重呢？情分不到，誰願白白付出這番精力？

琹涵為《春融融》寫的那篇序〈自有人間筆似花〉。朋友收到贈書後，都回信說：「序寫得真好，本不相信你筆下有花，讀罷大作家琹涵的序後，我不得不在書中去找花，終於在牆腳找到一朵可憐兮兮的喇叭花，任真筆下開的竟是如此一朵卑微不顯眼的花。」

朋友幾分揶揄帶幾分友情笑謔，可真點出了任真才情貧寒，也讓友情綻出一朵喜悅的花。

我想不管是喇叭花、牡丹花、櫻花、鬱金香……反正都是花。喇叭花雖非名花，它不自慚不是名花，年年打起精神開得滿藤蔓全是紫色花朵，自己得意自在，仍然有它可取的地方。

由此可見序在一本書的引導上佔多麼重要的一個位置。

李董與琹涵為本書所賜一人一篇序，如同為一間破舊商店裝潢門面，刷亮招牌。店內貨品雖雜，絕對品質純良，道道地地自家不施化肥不灑農藥的產品，自種自銷，健康無害。土產土貨，當然比不上包裝華麗能夠取悅顧客。要健康無害，還請各位光顧這間雜貨店為上上之策。

謝謝好友琹涵、銘感在心，不敢忽忘。

目次

一、荷塘有書聲

老年人只有回憶嗎？

回憶是生活的珍珠，串起散落的珠顆就是人生一串璀璨的珍珠項鍊，光耀奪目，不能加榮親友，也能令自己差堪自炫。

一個人壽屆疲暮，如果沒有回憶，不是失智，就是大腦患有不可逆轉的疾病，耄年如此，豈不可悲。

記得數十年前，大陸避秦來台的文化界及黨國大老，或著述或聚談，都不免侃侃而談當年可資誇耀的往事，大家戲稱為「想當年」。

不管窮富否泰，貴賤榮辱，能有當年可想，這類人士也算是沒有白活一生。

我一生寒素，尚知節制自省，清心寡慾，儉素自律，壽屆耆耈，仍能追憶年輕時的種種趣事，應該說是造化某方面給我特別少，健康方面卻賜予我多一點的恩寵。

每日做完一定功課後，就不由追想童年時的幕幕情景。

民國三十三年，日軍自長沙一路勢不可擋地南侵占領攸縣縣城，學校被迫停課解散，我肩著行囊回家。

當時，家父在花石壠私塾教書。私塾也是人才培育的場所。鄉先賢周濂溪先生、授業先賢二程兄弟，不正是私塾養成的傑出人才嗎？

位於長沙的嶽麓書院，興建於北宋開寶九年（西元九七六年），開寶為宋太祖登位之十六年，次年宋太宗正式嗣位。至南宋道宗乾道年間（約一一六五年至一一七三年），理學家張栻主持講事，朱熹聞名從福建趕來書院講學，二賢論道，開啟湖湘文化的先河。歷元明清曾左諸賢崛興，可謂人才輩出，湖湘文化大放異采。湖南各地私塾蔚為風潮，其來有自。私塾學子包括蒙童與學已有成的高年弟子，授經授史，可說是為國育才的另一隻搖籃。

花石壠為一數十里遼闊的平原，全種水稻。為防乾旱，挖掘許多水塘蓄水。塘種荷花，一到盛夏，葉搖綠波，花逞艷姿，紅綠相間，靜動兩宜，真箇是洞天福地，神仙所居。

當春訊剛臨時，荷葉初窺人間，怯怯地這兒一張、那兒一葉悄悄浮貼在水面上。如自高處俯瞰水塘，只覺得整個壠畝全嵌貼著一面面明鏡，澄澈晶亮，映照著冉冉白雲。結廬於此，果真是人生一大福庥。

我自學校解散回家，第二天，大哥就把我押送至父親執教處受經史。

幾十年來，我一直咄咄嗟怪家中既無電話又缺郵遞，大哥與父親之間何以默契如此之好？我頭一日回家，第二日就被押解至父親處加強管束，以免日趨傖陋。

父親一生務實，菜園只種青蔬，田裡全種植水稻。我八、九歲時所種的桃李和觀賞用的複瓣芙蓉，父親全命大哥砍伐殆盡；但在他書案水盂裡，每日都有幾朵羞怯待放的蓮苞。

夏天，溽暑難耐，好在房子高敞，夏風蹈瑕抵隙，到處招惹是非。我們二十幾個同學，成日書聲琅琅，也叨夏風厚情，祛暑招涼，並不感到燠熱難耐。

下午放學後，同學紛紛回家晚餐沐浴，夜晚仍有晚自習。此時，父親偷得浮生半日閒，便會逡巡口口塘岸觀賞盛開的荷花景色。

花也會趕熱鬧，就像今日影歌星不是鬥姿色就是鬥衣著。荷花一旦綻放，每口水塘爭先恐後地盛開著紅白花朵，在風的搖曳下，左右款擺，如同一片花海紅翻白浪。我曾偷偷比喻像煞父親吟誦古詩時那副如醉如癡神情。

蟬不甘寂寞，拖著漫長的尾音一直吟唱到秋風乍起，紅葉紛飛。

我偶然也會跟隨父親去塘岸觀賞夏荷晚景。

人世間的父母，無不望子成龍、望女成鳳。就是在此放學後閒適的片刻，父親也不忘提醒兒子的學業。他問：

「〈愛蓮說〉你會背了嗎？」

「會。」

「背給爸爸聽。」

我自「水陸草木之花可愛者甚蕃」開始，一直背到「出淤泥而不染，濯清漣而不妖……。」

父親立刻阻止說：「做人做事要立身正大，就像蓮花一樣清清白白，不泥不滓。一個人如果品格卑劣，為非作歹，不僅雲辱祖先，也令親友鄙視。你要記住。」

我認真地點頭回答：「是。」

這一生，我沒建立輝煌事業，也無顯赫官位，卻如荷花一般平平凡凡，甘於綠波清水，在田畝的水塘中自開自落。回憶往事，感觸極深。特賦〈詠荷〉陋詩二首，以紀念一生未奉養一盂水、一勺飯的父親端莊公。

〈其一〉

亭亭擎青蓋，紅白輝相映；
晚風吹翠浪，吟蟬呼相應；
波搖縠紋水，藻動魚驚心；
晚霞紅煎崦，夕陽羞彤暈；
炊煙裊裊起，歸鴉悄悄征；
迴旋二三轉，啁啾四五聲；
牧童驅牛歸，老農罷犁耕；
浣女滌衣罷，母嫂呼還烹；
頃刻夕陽下，瞬間燈炬明；

暝色冪幕重，夜氛悄悄臨；
塾間燈光起，琅琅有書聲；
自晨至夕降，此刻寂蟬嗔。

〈其二〉
一梗擎翠蓋，眾花嗔笑喧；露凝成珠顆，暗香輕浮遠；
初始貼水長，團團圓嫩鮮；忽爾隨波竦，欲舒先還捲；
此葉呼彼葉，葉葉爭豔妍；薰風吹人昏，熱浪催葩淺；
突然張一瓣，未幾豔幟展；紅蕾剛吐芬，白葩仍靦腆；
滿塘紅白朵，朵朵羞笑靨；蛙怡倚葉坐，浴日神安恬；
荇藻戲綠波，魚蝦舞漪漣；蟬吟五七律，雲裊晚炊煙；
歸鴻驚夜至，振翮過晚天；霞紅夕陽羞，晚照染花豔；
暝坐塘岸上，諦聽柳鳴蟬；此樂往日夢，夜夜夢父顏。

《文訊》二九八期

二、蒼松頌

人生數十寒暑。期間成長、求學、結婚、謀職、疾病、順逆，交相煎迫，我們不由慨嘆「人生旅程很漫長」；事實上再漫長也有起迄。到了終點，油盡燈枯，生命凋零，再也無緣走路了。

地球在杳冥無際的太空中只是一顆小小的星球而已，高山、湖泊、平疇、谷壑，不知有多少道路延向不可知的所在？我們有幾個人走遍全世界的道路？又有幾個人自此路的起點忠忠實實地走到終點呢？

路有大路、小路、山徑、荒徑、邪路、歪道……路只是路，專供行人通往意欲抵達的地點而已，區別卻有如此之多。這其中除了容涵著路的大小彎曲和兩旁景色之外，還概括了人的品格道德與人性趨向。

本省黑道大哥們，如果遇到狀況，可能與法有忤，為了避過鋒頭，韜光養晦一段時間，常常說是「走路」。路一定得走，不走路就得蹲牢獄。這樣走路像是捉迷藏，不斷的走，不斷的閃，走路與法律競賽，曲折迤邐，變化萬端，無盡無止，沒有終點。

人人都會走路，每日都要走路。一個人的事業成敗，就看你路走對了沒有。走向正路，即使事功不著，也能左顧右盼，氣宇軒昂，面無慚色。路子走得不對，縱然日進斗金，那條路上，可能惡魔幢幢，道德良知都在日常行為中成了秋風敗葉。

當我們呱呱墜地那刻起，父母就百般期待稚兒弱女能夠舉步走路。等兒女邁開小腿顫巍巍跨出第一步時，父母那分喜悅，即使全世界的快樂總和也不及兒女跨出的那一步有價值。

此後升學、戀愛、創業、成家……每分每秒，父母都在注視和擔心他路走對了沒有？可見走路人人會，原是一樁小事，但對一個人的人生方向和國家社會利弊損益，卻是一件不可忽視的大事。

我自一歲多學會走路，十九歲開始由湖南、江西、廣東、福建、浙江、江蘇、金門、馬祖，全靠兩隻腳一步步走遍中國東南幾個省。

當時年幼無知，廣東福建的巍峨峰巒、參天古樹，江浙的湖泊浩淼、帆影桅檣……多美的河山錦燦，自己居然不懂得欣賞掇拾，讓它在心底留下百年不衰的印象；卻只顧得酷寒侵膚，餓火燒心的煎熬。

在封閉的老家禁錮十九年，腦子裡只有詩云子曰，韓柳歐蘇的文章，就是讀書人膜拜崇仰的一塊豐碑，那曉得尚有旅遊文學、報導文學、小說、散文、新詩……封閉的社會，也封閉了自己的智慧和心靈。待自己懂得這些時，海那岸的壯麗河山景色全淡忘了，多可惜的一張人生旅遊白卷。

老家多山，南岳餘脈綿邈橫亙，雖然高低不等，仍然山山相連，互相擠壓傾軋，無法開拓出康莊大道；最好的路是青石板鋪砌，堪容兩人擦肩而過的石板路。每當雨天，行人穿著釘有鐵齒防滑的木屐走過時，只聽見屐齒敲在石板上的篤篤之聲，響在冷寂的冬寒裡，尤其在夜色迷濛中，那鏗然作響的音符，冰冷而嚴肅，令圍坐在火爐旁取暖的家人，立刻有一種怵然驚愕的蒼涼之感。

因為家鄉沒有平坦大路，自然沒有馬車、牛車，更別說今日疾駛而過的機車、汽車。最時髦的車就是獨輪雞公車，推車人缺乏潤滑油滋潤輪軸，輪子滾動時便不由響起「吱呀吱呀」的呻吟聲，好像在苦嘆生活艱苦，負載太重了。那聲音節奏中包含不盡的哀嘆，貧寒煎人，也是推車人的生活哀嘆。

從小愛走路，壽至疲暮，走路仍然是我惟一的享樂。走路不僅活動筋骨，加速身體新陳代謝作用，沿路的綠竹叢茂，野花競豔，小溪潺潺，村犬吠客，全都是心靈的滋養，享受不盡的豐饒大餐。陶淵明歸隱潯陽，林和靖坐臥西湖孤山，陳摶遁跡華山，種放隱居終南豹林谷東明峰，魏野放懷陝州故里，與山野麋鹿為伴，共山翁村嫗作鄰，不樂仕進，但求適性自得，這些前賢往哲，我想不止是愛山色幽靜，水光碧青而已，應該還有一種欣然上道紓步走路的樂趣在。

近幾年，我不再成日困在書堆裡。每日兩次走路，不走河堤，就走山徑，直向山頂最高平曠處攀爬，一步步穩健登山，看兩旁蔥翠的相思林如華蓋般覆掩著不容烈陽穿越，一階一步，一步一驚喜。雖然大汗淋漓，衣衫盡濕，走路後的輕快與健康，比之沉醉文字中的心靈快慰不可同日而語。

山頂曠地，有數十公尺寬廣，上有涼亭三座，早晚爬山的男女常常圍坐在涼亭裡閒話家常。這裡沒有政黨爭論，沒有藍綠較勁，不分閩南客家、外省臺灣，人人敞開胸懷，大談爬山走路的樂趣與收穫。

曠地裡有數株蒼松，雖非千年古木，也該是百齡耆老，且其勁直參天，生機勃然，那分氣勢如同亂世英傑，心懷民胞物與，一肩苦難獨擔當。

我愛綠竹，也愛寒梅，尤其鍾情蒼松。因為老家祖山全是祖父手植的百年以上松林，棵棵粗壯，直挺霄漢，滿山蔥翠，綠得醉人。如此一處松吟濤翻的世界，若有俞伯牙鍾子期的風雅，必會天天坐在松蔭下古琴一曲以暢胸懷，琴聲應著松濤節拍，現實的濁亂也會忽忘殆盡了。

去年秋天，我目睹這幾株巍松矗立天表的氣勢，一時思鄉思親的情緒紛至沓來，想到父祖輩辛苦創業，而今祖業全成了他人的私產，一時感慨，忍不住在松樹下寫成一則〈蒼松頌〉，雖然酸腐，學學古人筆法，也有一種東施效顰之樂。

菁篁猗猗而叢密兮，地迴秋深；葉落草衰，秋蟲哀吟；唧唧聲微而不見，感歲暮而驚嗔；獨蒼松而挺拔，搖蒼穹而撓雲；傲霜凌雪以高節兮，鄙蓁莽之逡巡；何俯仰以隨時，胡跫然無空谷之足音？秉天地正氣而蔥蘢，儕翠竹之蕭森；彼菁菁而我蒼然兮，條挺秀而增蔭；構此山之蓊鬱，萃眾芳而秀競；群鳥集而歌喧，豈管絃之可並？眾樂樂以自達，喜同心而慶昇平；吾獨躑躅於荒徑，掬流泉而賞美景；棄耕稼於弱冠，欲鋤圃而乖於今；羨彭澤之歸隱，耕田園而步三徑；半生歲月於戎行，愧無所就亦無所成；雖百齡亦將歸土，同瘞王侯與平民；行吟杜甫秋興八首兮，嗤玄宗荒淫而彼耿耿忠貞；豈今昔之異時，何見群梟蠢蠢而競競？拾紅葉而凝睇，感煢獨而偕秋葉凋零；秋陽冉冉於西山，紅霞輝映於彤雲；滿天霞光而燦目，瀉餘金於蒼林；眾鳥啁啾，疾徐低昂而齊鳴；萬物得時而樂，何我心之沉沉？既不諧於時，復乏松竹之凜凜；甘與榛莽同卑屈，亦萃山林之翠榮；不羨高位與富貴，惟樂怡情而適性；吁嗟兮歸去，蝸居蓬戶可安身；山蔬堪果吾腹，齊淵明有酒而盈樽；捫腹足樂無寒餒，經史可寬吾心；吾復何所求？一覺酣眠至次晨天明。

今日讀畢全頌，不由慚雲滿頰，羞愧交併，滿紙酸腐氣薰人欲嘔，如讓鴻儒博學瞅見，不啐我滿臉口沫星子才怪呢！何苦文縐縐強裝文士狀呢？

《文訊》三一三期，二〇一一年十月號

三、醉夢一生

喝酒會醉，人人通曉。會醉不會醉？把持全在自己。三五好友相聚，葷素數品，好酒一壺，把酒論文，舉觴傾心，雅事一樁，適可而止，恰醉終杯，此等雅聚，何醉之有？性情豪放的朋友，不論新知舊雨，一旦聚飲，酒不論醇濁，人不計貴賤貧富，猜拳行令，杯杯滿盞，仰脖而飲，巨觥連杯，此種飲法，不醉才怪。到此為止，各自扶醉而歸，雖欠風雅，倒也算是好聚好散。最怕的是醉後失態，話不投機，口吐惡言，你來我往，終於一方開火，對方還擊，拳來腳往，桌椅齊飛，清理戰場，幾個血流滿面的壯漢還在呻吟咒罵，此種飲法，豈非大殺風景。

喝酒會醉，據有經驗的人稱，空腹喝茶也會醉；至於誤食檳榔的倒吊子，更會醉掉人命。醉當然是大腦搞昏惑了，不辨是非對錯，才會鬧出事兒來。

醉，大約可分淺醉、陶醉、迷醉、深醉、沉醉、濁醉。醉雖有別，不超過、不踰分，恰到好處，醉也是一種美的境界。

讀書會不會醉？在我這個老番癲的想像裡，讀書也會醉，那是陶醉、迷醉、沉醉，醉得廢寢忘餐，晨昏顛倒。他們朝夕淘在書本裡，尚友古人，師事賢哲，取舍從違，自書本記述中瀝取經驗，自史事成敗中擷取鏡鑑，一旦達到某種境界，沉思冥想，別有所得，傍徑溯源，追其根本，萌蘖發枝，壯大成林，成就著作，留給我們後代無盡寶藏的文化遺產。這類先哲高賢，如不醉心書籍，皓首窮經，中華文化怎能有今日這般浩浩蕩蕩不匱不竭呢？

我天生蠢恧。我老爸素以精於鑑人自豪，事實上也真是八九不離十。地方上凡百行業的子弟，經他接談觀察，老爸就能斷定他長大成人有為或無為？唯獨對他三個兒子，把我列為繼承他的讀書衣缽，卻是看走了眼。

大哥篤實忠厚，如讓他讀書，也會紮紮實實做出一些學問功夫。二哥聰穎精靈，自小鬼點子多，學樂器練拳術，他都比同門師兄弟精到踏實，培植他自經史中找門路，他必會別覓蹊徑，成就一番自己的學問功夫。偏偏我，篤實穩當不及大哥，聰穎慧黠不及二哥，向前走不懂回頭，向後退不懂前瞻，實是一個二楞子，反令我去經史中找門路，結果，一生歲月全在字裡行間零碎割裂掉，一個白癡降世，終老一個白癡回歸太虛。素紙一張還諸天地祖先，辜負來此人世一趟，也坐證我老爸精於鑑人全為虛譽。

數十年前，教育不普及。我如說我醉心書籍，鄉下人心眼厚實，智識不廣，當會為我自吹自擂說法首肯。今日臺灣，大學生滿街走，碩博士脫下寬袍大襟，還我一張樸素面貌，回鄉下揮鋤扶犁，樂當田舍翁。若是聽我如此自己白粉搽臉——圖個自覺良好的美貌，那不笑掉大牙才怪。

人笨不是罪過，不自知笨卻偏愛往經史裡鑽，結果虛耗一生歲月，雖非罪孽深重，卻是錯得離譜。

在家的日子十九年，除了六歲前童騃無知，由小學到師範耗去十年時光，剩下三年加上寒暑假也該有整四年光陰，全跟我那位食古不化的老爸讀古書，四年多時光也只讀罷《論語》、《幼學故事瓊林》、《春秋左傳》讀一半。除《幼學》容易瞭解而熟讀外，上下《論語》全為先聖語錄，句句皆為立身處世的大經大法，歷二千餘年能為國人奉之為圭臬。《春秋左傳》更是義理潛藏在字面下，不知自字面發掘義理與歷史故事，讀了也是小和尚唸經，有口無心而已。《大學》、《中庸》、《孟子》，是政治學也是哲學，自修身齊家治國平天下，由淺而深，自己及人，條理分明，句句都是千錘百鍊的人生精品，遵奉實踐，便能明明德而止於至善，由一己獨善而及於兼善天下。俗話說「知子莫若父」，我老爸知道當年挑選我繼承讀書衣缽錯了，所以這幾本先聖先賢傳授心法的書，均未為我開講，更別說深入詩、書、易、禮這類周朝大著了。年壽老邁，有時想想，自己比那些智慧超人而又天賦異稟的朋友，短短三幾年時間，自識字開始，就把四書、五經幾大部書全部讀完。我與他們一比，真有天高地遠之別。深夜省思，我常常怨懟上天待人為何如此之厚？待我卻是如此之薄？為何別人聰慧如彼，我卻蠢獃如此？

民國七十三年，我這個名不見經傳的憨大呆應臺灣省政府新聞處之邀參與花東地區五日省政文藝訪問，領隊官為新聞處張時坤科長。張科長才華洋溢，筆雄萬軍，一顆熱心，一副熱腸，滿腔熱情，他帶動訪問團隊有說有笑，歡笑喧騰。坐在車輛前幾排的全是年輕名盛的男女作家，他們彼此熟稔，歌唱說笑，氣氛熱烈，只有我和黃信樵這兩個半百老賊，坐在車尾，默爾無聞，只有敘舊解悶。到第三日自我介紹時，我說：「我叫侯人俊，在陸軍總司令部任中校秘書，平常，我也寫點散文和小說騙幾文稿費養兒女，我的筆名叫任真……」話還未說完，前幾排的年輕男女作家紛紛回首給我一陣熱烈掌聲。我當時嚇了一跳，我算哪根蔥？這掌聲怎堪受用？必定是大家把「任真」誤為「認真」，凡事認真的人才該掌聲鼓勵。我羞慚滿面趕緊鞠躬坐下，恍同竊盜案發，坐立難安。此後兩天，居然有許多人主動與我攀談，交換寫作心得，我與黃信樵不再像是訪問團的食客。

那次省政文藝訪問，名牌上全書本名。女作家琹涵坐我前面，琹涵本名鄭頻，鄭頻我不相識，琹涵卻是我當年仰慕至深、潛力無窮的年輕作家，經過交談後，自此結緣成為三十年文壇路上相互勗勉的好友。

以後通信談到讀書，琹涵給了我幾句非常受用的勉勵話，她說：「只要想讀書，任何時間都不嫌遲。凡事不怕慢，只怕站。」這幾句話，使我突然靈光一閃，麻石水泥腦子居然長了智慧，這二十幾年來，真正讀了一些有分量的古籍和史書，連註解也一一用紅筆句讀過。一向為歷代文人褒貶不一的《昭明文選》，四庫全書版、正文註解全圈讀完。《資治通鑑》居然也傻傻地讀完三次。人有智愚，才有長短，智有慧鈍，我與那些天賦特厚天生是讀書料子的朋友，其差異就在這裡見真章，別人聞一知十，讀即有得，我是事倍功不半，闔上書本全皆渾然無覺。

讀書經詰屈聱牙，頁頁全是自家圈圈劃劃的註解，讀到一半，實在覺得古奧而無所得，罷了。至於讀日本先賢竹天光鴻的《毛詩會箋》，參讀李辰冬先生的《詩經通釋》，屈萬里先生的《詩經選註》，三書繁簡不同，人物、時代、代表意義，全為各說各話，不歸一統。辰冬先生推翻《詩經》一向與史事相結合的定義，說是周宣王時尹吉甫的戀愛詩。辰冬先生一生盡瘁於此，讀了多少書，疏通多少資料，才成就他的《詩經通釋》一書。他的認定，仍然是個懸案，學術界沒有共同認定，因之，也只是他個人的學術著作罷了。至於毛詩，又把《詩經》與春秋史事牽扯在一起。再翻閱《偽書通考》，是非對錯，歷代學者各有說法，像我這種一竅不通的混小子，誰對誰錯？我全無主張了。《毛詩會箋》全書十卷，斷斷續續至今才讀到第五卷，時隔既遠，各家說法又互相牴觸，愈讀愈覺茫然。疲暮之年，來日無多，到老才讀我們中華文化寶藏首本古詩，為時未免太晚了。別人啟蒙後就把五經讀完了，我那能與人相提並論。

至於《禮記》，雖為古時婚喪喜慶、立身行事、修身蓄德的大經大法，今日奉行與《禮記》那個時代相距二千餘年，今古異時，生活型態與方式全然不同，古禮當然不得行之於今日，當學術研究可也，奉之為行事圭臬可也，履之為處是接物的準則，等同戴峨冠穿蟒袍與西裝革履的彬彬君子揖讓進退，顯然格格不入，不倫不類。《禮記》讀本全書九百五十九面，我讀到三百多面，自知智不及此，讀畢全書也無所得，罷了。

自小就愛跟我老爸唱反調，跟我老爸讀書時，他只教我上下《論語》，《大學》、《中庸》、《孟子》全未開講。《詩》、《書》、《易》、《禮》這些與時代不接脈的大書，不曾授我一個字。如今才體會我老爸還真有點智慧，他知道自己這個蠢材兒子，頑石琢不成圭璧，即使全盤傳授，也不能啟其茅塞，化頑石為精玉，所以僅授我立身養德有實用的上下《論語》而已。

史書全為敘事，比深奧的五經易讀易曉，前些年眼力好時，還真圈點了好幾各朝代的史事，朝夕用眼，燈下句讀，百衲本二十四史字如小蟻，如今讀不動了，讀了記不得，記了也只是些殘枝剩葉。

讀古人文集，我感悟先賢們讀書之博，匯通之妙，典雅深蘊，無盡無際，字彙多，辭藻美，讀來如同探險徑，愈行愈遠，愈覺處處奇花異卉，觸目明山秀水，美不可言。胡適之先生提倡白話文，今日有些作家的文章，讀來也像白話古文，拐彎抹角，幽深杳冥，教人常常如登窮途窄徑，不辨方向。這與我們今日讀先賢賦的感受頗為類似。先賢的著述，因為時距不同、文體不同、表達方式不同，而且事物異勢，讀來雖然有隔，慢慢揣摩，用心品賞，其文采用詞、氣勢層次，真是意味無窮，自愧為之納履濯足，也不夠格啦！

壽逾八旬，自幼遭遇戰亂，讀了幾十年的書，當年頗為自我欣賞醉心經史，無師指導，自我摸索，一覺醒來，這才省悟自己是昏昏惑惑過了八十年，不是為書所醉，而是自我陶醉，濁醉，終於鑄成醉生夢死一生，悲夫。

二〇一三年二月號
《文訊》三二八期

四、讀書最樂

我一生與書有緣，與學問無緣。

所謂與書有緣，是指自先父教我「金木水火土」開始，就跟書結下不解緣，幾十年來，南北奔徙，戰亂烽火，未曾一日與書隔絕；即使在壕塹裡與敵人嚴陣相待，砲火停歇後，也要讀幾則先聖先賢的語錄，以供自己養心養性。雖然自己的德業，一生並未見得有所精進，但辨得清是非，識得出善惡，應對進退，頗知分寸，名利得失，自有主張，這不能不算是讀書得來的結果。很遺憾的是天天讀書，月月讀書，就是肚皮裡沒積得學問。

大約一個人一生成敗毀譽，悟字訣佔有重大關鍵。佛家參禪要悟得，道家修煉要悟得，練拳學武也要悟得。我們立身處世，有功獲賞，固然要悟出立功的道理所在？有過遭譴，更要省悟其致敗的因由何來？讀書尤當如是。不能悟出其中道理，分辨真偽，化為己用，讀了也是白讀。我之所以一生與學問無緣，應該說就是少了這個「悟」字。換句話說，食而不化，自然註定一生都是「白丁」。

今日是個工商業社會，人人惟錢是務。賺錢並非壞事，社會能夠進步，文明日益昌盛，工商業是一股偉大的推動力量。我們今日社會繁榮，生活富足，不能不說是拜工商業人士之所賜。

工商業人士的腦子，就比一般人多幾條摺痕；他們的心坎，就比人多了幾隻靈竅。所以，他們能化無為有，改進產品，打入市場，賺回很多錢來。他們的原始目的固在為自己賺錢，間接卻增益了國家稅收，豐裕了國家財源，也為國民造成諸多就業機會，達到改善大眾生活，提高生活品質的目的。

我是個農業社會的產物，對賺錢不是沒有興趣，但就是少了一分靈慧，沒有工商業人士那種「觸類旁通」的悟性，一生與金錢倒非割席那種決絕境況，但就是緣分不厚，交情不密，自知命定如斯，也就樂得保有那分不為錢累的曠達，惟對讀書，一生不曾認命過，總認為彼能如斯，我何不能？可惜人的天賦，總有厚此薄彼的不同，他人舉一反三，我獨舉三而不反一。孔子曰：「人一能之己十之，人十能之己百之」，我愚騃得百之也不行。論理，應該認命了，不！還是一股勁的打著鴨子上架，硬逼著自己讀了一輩子的書，依然素紙一張，不曾著得半點墨汁和顏彩。好一個清高脫俗，一塵不染。與學問無緣，豈不宜哉。

因為自己這隻腦子如同花崗石般堅執，滲不進一滴水，愈盼望自己在學問上有點成就，愈不能登堂入室，因之，對那些教授學者之流，也就仰慕愈深，崇敬愈切。「高山仰止，景行行止，雖不能至，然心嚮往之」，這種心情，只有我這個眺望學問堂奧遠不可及、深不可達的「白癡」才能體會得出。

每打開書本，一眼接觸作者那種堂皇巨著，析理入微，引證宏富，結構嚴整，文字清新，總不由得既妒且羨，讚之嘆之，嗟之喟之。他能，為何我不能？人的才情長短，就有如此不齊，讀著讀著，不由得廢然掩卷。暗忖，先父誤了我，書誤了我，像我這種稟賦不高、智慮不及的人物，那是讀書種子，那配在學問堂奧外窺牆探窗。假如我務農，我會練就一身好體格，成為一個篤實的農夫；我學百工雜藝，不甘人後的心情也可能會鞭策自己出類拔萃；從事任何一種行業，我這一生都可能小有成就。偏偏先父告訴我：「耕讀傳家，不可失墜家風。」一生飄泊在外，那有田地可耕，耕緒自然斷了。亟想在讀書方面不墜祖宗先聲，結果，勉強而行，困而不知，把自己磨成這樣一副不文不武可憎可厭的面貌。

偏偏自己鑽進死胡同裡不知懵然醒悟，掉頭不顧，另覓新途。這隻死腦筋，總是愈覺艱深難達，愈益鍥而不捨，一生歲月，就在如此境況下耗了。惟一的收穫就是得了一個「穩」字，大小事情穩得住，即使為單位看房子，只要一卷在手，就可十天半個月不想回家。如果為自己臉上貼點金的話，應該說是不輕浮躁進，把持得住，凡事都能有個分寸。

學問是座摩天接雲的絕峯，高不可攀，大約用力愈勤，到達的境界才愈高，此中高下，全看攀爬的智慧巧拙而定，巧者著力少而登達易，拙者用力多而進境少。也如幽深遠險的洞壑，深不可知，杳不可測，探幽尋勝人的氣愈壯，所入愈深，所見愈奇；氣壯而不知利用地形地物，讓自己從容進入，自然只有在洞壑邊緣窺探了。能夠到達絕頂深壑的人，確實比人多了幾分智巧，幾分靈慧。

老家地處湖南之東，與贛粵接壤，那兒山與山是同胞兄弟，手連手，肩摩肩，一拉就是幾十百把里不脫手。巖壑幽深，菁篁蔽日，蔥蘢神秀，綠得人心神一片寧靜境界。若非戰亂兵燹，在那兒「日出而作，日入而息」，看白雲青山，鳶飛魚躍，上山狩獵，臨水網魚，真箇是神仙世界。因為峯巒綿亙，交通也就不太發達，船行，河水湍急，到達通都巨邑，要費盡舟子不少氣力。車行，雞公車「吱呀吱呀」一叫，那種古老情調，真叫人覺得的是一處與世隔絕的地方。正因為如此，所以，年輕時接觸的書是詩云子曰，報章雜誌類的新聞知識，都是聞所未聞，見所未見。鬧翻了天的世界大事，全在千里萬里之外，一旦傳入，也已成為老掉牙的歷史舊事，不足以動吾輩聽聞。由於享有這種特殊的寧靜環境，所以，一旦走出敞開大門就見山水含笑的家鄉前，真是安安靜靜讀了幾年好書。待偶然接觸五光十色的外在世界，我那顆樸實無華的心，驟然駭愕不已，尤其對廣博的新知識，如面對恣肆汪洋，好不茫然驚愕。外在世界怎麼如此繽紛燦爛，令人目不暇接，耳不暇聞呢？

三十八年春天，在湖南株州一住三個月，桃花尚未映紅，李花也不逞白，倒是片片雪花帶來的寒氣逼人，使我難以忍受。儘管窩在薄薄的被褥裡猶覺冷不可支；但挑亮在北風中顫慄的的如豆燈光，逐字誦讀白天買來的新書，那些活潑的字句，鮮明的形象，總覺得溫馨薰人。夜深了，餓不可耐，立刻披衣而起，沿著湘贛鐵路一步步量過軌木，就可找到一處湖南特有的小吃米豆腐攤子，來一碗又辣又熱的米豆腐，直吃得額頭冒汗，血液奔流，然後帶著滿身熱氣就寢，直覺得那床薄棉被儼然一團厚重白雲，裹在身上，溫暖無比，不知東方之將白。

那年五月，到達江西貴豁。

貴谿是處山城，青石板街道，映著古樸低矮的店面，人聲無嘩，車馬不喧。寧靜的城市，孕育寧靜的心靈，每一個人都有一方內心世界，不受干擾，亦不擾人。

我下榻的地方，位於弋江江濱，啟開窗牖，即見船帆片片，悠然飄過；弋江奔流，映著蒼穹一片蔚然；對岸是一系列的錦邈峯巒，一陣雨過，一瀉瀑布自山巔懸空而下，嘩嘩有聲，山色倒映水中，只覺船就滑行在青山翠峯中，別有一番虛幻情趣。貴谿中學的琅琅書聲和課後的嘻嚷聲，隔江傳來，只見絃歌不輟，文化傳承不墜，不由得激勵自己讀書興趣驟增。儘管戰火離亂，鄉愁沉重，仍然展卷苦讀，在書的涓涓流泉中，悟出古人琢雕字句之巧，運用思慮之週，千巖萬壑，重巒複峯，比今日一般白話文章形貌，又是別有一片天地。由於書中內容導引我走進另一處現實外的境域，很能使我暫時化愁緒為煙塵，去憂思而增一分快慰。

城牆沿江砌建，閒暇無事，我就沿著城牆蹀躞到浮橋看人來人往的熙攘情景。那時沒有太多的物質欲望，只求三餐溫飽，更無餘錢購買書籍；幸好房東是個富戶，殘缺不全的書籍被棄置在雜物間，我跟他大兒子相處融洽，透過私人關係借得三兩冊文藝小說，立刻如獲拱璧般持往浮橋一處石墩上猛讀。初夏蟬唱隨著江風傳來，似乎帶有江水的清新和涼意，饑腸如不轆轆作響，我也不回居停處果腹療饑。

年未弱冠，即被戰亂驅迫離鄉背井，辭爹別娘，幾十年的見聞，雖也廣闊了自家心胸，增益了自家見識，卻也失去父母的歡顏和手足深情，教父母望斷肝腸，淚盡老眼，半夜醒來，總覺得心胸像是壓著一塊重重的東西，一生都移它不動。

戰火由江北燒到江南，我們自貴豁朝閩粵方向前進，路經江西中共老根據地——瑞金，那兒崇巒峻拔，林木蒼莽，四處高山聳峙，山山相接，嶺嶺牽連，防可憑險據守，攻則山高林密，難以直搗巢穴。

瑞金收復後，人民重過自由安定的生活，寧都、雩都、瑞金等縣，猶見中共當年統治的血痕，殘垣斷壁，田園荒蕪。江西同胞生性儉樸，刻苦勤勞，寧、雩等縣的婦女同胞，更是擺脫了閨閣束縛。她們走向田野，鋤耕犁耙，無所不能；走向貿易，肩挑手挽，較之男士猶勝過數分。尤其是挑擔運貨，健步如飛，後腦杓挽個碗大髮髻，一排銀簪隨著步履裊娜起舞，果真是巾幗豪傑，不再是一副女性的柔姿媚態。

這現象使我感到納悶，與老家湖南大異其趣。於是，便向一位老人叩問原由？這一問勾起了老人一聲幽幽長嘆，他回答說：「我們這幾縣原本富裕，在共黨盤據期間，一連串的運動，好人被鬥爭死了，流竄前，復又裹脅一批年輕人同走，結果，女多男少，婦女同胞自然不得不走出閨閣，擔任勞動工作了。」

瑞金是處山城，風景秀麗，氣氛寧靜，早晚雀叫鸝鳴，歌喉婉轉，有如笙吹簫吟，真個是處音樂和畫圖兼美的地方。

閒著無事，白天我總愛去城外閒逛，看山色，聽鳥歌，從大自然中尋覓一帖寧靜心靈的補劑。流泉琤琮，是鳥歌的和聲，絢爛雲霞，為山林添彩加色。戰亂歲月，卻在這處曾遭中共佔領的所在過了二十餘天的愜意日子，擷得一分靜趣，喘得一口奔徙呼吸，也算是得來不易的幸福。一天，無意間走進一棟無人居住的四合院住宅，只見大門敞開，桌椅凌亂，就在左廂房裡的滿地字紙中被棄置兩幅扇形花鳥條幅，乍見此種景況，不由得驚喜萬分，立刻從雜亂廢紙中整理十幾本書籍，連同兩幅花鳥攜回居處。詢問居停主人，才知是遠來此地任職的客宦，攜著妻孥回老家躲避戰亂去了。人棄我取不為貪，在心理上我也就沒有內疚不安的地方。

有了精神食糧後，不但我個人感到心理上有了定力，幾位同夥，也每天沉浸在書的芬芳中而能渾然忘我。

烽火年月，生命朝不保夕，當我們一旦踏進知識領域中，卻渾忘了戰爭危害生命安全這檔子事。知識給人的定力卻是如此巨大，怪不得有些先聖先賢到達某一境界時，便能視富貴如浮雲，視名利若塵煙，生死大事，也全不把它放在心頭了。

翻過贛粵交界的大山，經廣東平遠到達東石，在東石中學安頓下來，此時，正是炎天暑熱的六月，薰風侵人，溽暑難耐，學校應當絃歌不輟才對，由於戰局影響，東石中學卻早已人去樓空，形成無主狀態，理化實驗室無人管理，圖書館也是大門洞開，有些書櫃門鎖被扭斷，有些書櫃卻是敞開胸懷，任人予取予求。由於知識的飢渴，我老實不客氣地客串了一次「雅」賊，「浮」了好幾本書。在此後奔徙歲月中，只要是食宿打尖時刻，我就立即掏出書來，細細品嘗幾頁，讓知識的清流滌我愁腸，澆我胸中塊壘，直到廣東湯坑為止。

湯坑位於豐順揭陽之間，是處物產富饒的地方，公路兩旁盡是濃蔭覆地的桂圓樹；製糖甘蔗與食用甘蔗在田畝中互爭雄長，鬱鬱蒼蒼，綠遍整個曠野；山坡上不是種植碧油油的楊桃，就是大片大片把土地覆蓋得密密的鳳梨，那種深沉的綠色，使人心胸似乎永遠蘊蓄著一股不服輸的生氣。

湯坑與濱海大都會汕頭步行兩天路程，如果自揭陽搭乘小火輪，順流而下，時程更短。由於汕頭開埠較早，自海外傳入的文化，激盪著濱海數縣，因之，多數同胞不再窩在家裡大做傳統舊夢，紛紛遠去海外拓展事業，南洋一帶，更是他們大展鴻猷的地方。他們年輕時拋家棄子，到了老年事業有成，又都紛紛回鄉作落葉歸根的打算，於是，興建房屋，頤養天年。即使不回家，也都將錢匯給妻兒子女，建一棟美輪美奐的房子，表示雖未衣錦還鄉，有此標誌，亦足以傲視鄉里。所以，自大埔、蕉嶺、梅縣、豐順、……這一帶的屋宇，大都非常講究，格局之美，採光之好，裝飾的華麗精巧，叫我這外鄉人看了，真是又妒又羨。廣東同胞修建祖塋，尤其講究，不僅建地廣闊，而且楹聯、石雕，極盡華麗之能事，可見他們雖然寄迹他鄉，飄泊異域，但根本仍在故土。這分孝思不匱的精神，正是我們中華民族永不倒下去的力量之一。

我的房東，是位飽讀詩書的鄉紳，他每見我早上琅琅吟哦《古文觀止》，中午讀新文學書籍，晚上又在一燈熒熒下漫聲吟哦唐詩，對我特別另眼相看，儘管湘粵語言不通，但卻感激暴君秦始皇當年來了一手「語同文」的政治措施，我們便藉著文字溝通了心聲，他認為我「孺子可教」，便將他孫兒的許多新文學小說借我閱讀，我也將另一位朋友從東石中學「浮」來的大代數微積分等數理書籍作回贈。其實，這些數理書籍，我實在興趣闕如，只因為是朋友相贈，情誼甚重，明知食之無味，一路上數百里相隨，卻真是棄之可惜。

在湯坑一住三十天，這三十天我幾乎是貪得無饜的在讀書。一則是離家愈來愈遠，心理上的無力感愈來愈重，為了排遣鄉愁，只有一股勁地從書籍中求解脫；其次，這些文學作品，情節詭奇，人物刻劃生動，確實引人入勝，一旦掀開首頁，就無法半途掩卷了。

湯坑有處天然溫泉，硫磺氣息並不十分濃烈，是湯坑地區的大眾浴池，晚上，在這蒸氣氤氳的溫泉池裡浸浴二十分鐘，再買兩毛錢的鹽水花生，喝一杯瑪瑙色的葡萄酒，帶著三分醉意，踏著朦朧月色踽踽歸去，真是兵荒馬亂歲月中一分愜意享受。

離開湯坑，經過兩個星期的海浪顛簸，終於在農曆九月抵達舟山。

當在汕頭登上「培德」輪時，第一次得睹海洋面貌，只見煙波浩淼，海天相接，內心不由興起幾分新奇，幾分刺激。尤其看到港灣四週山麓，燈光閃爍，在黃昏夕照裡提早炫耀媚麗，總覺得那也是都會的一種豪奢。居屋形式，各有格局，庭前結棚打架，不是花木扶疏，就是藤蔭匝地，實在不是老家那棟古老宅第所可比擬。誰知道船一出港，立刻浪濤翻飛，逐舷拍艙，潑野得厲害。在茫茫大海中，一艘數千噸的海輪，實在是渺滄海之一粟，船開始像醉漢般步履踉蹌，東搖西晃，搖得我頭暈目眩，翻腸倒胃，新奇的海洋再也沒有初睹風貌那種可愛了。

船在沈家門停泊，下得船來，兩隻腳像踩在雲端般不實在，高一腳，低一腳，分不出是地表面凹凸不平？還是那隻腳短了一截？兩週船期，缺水缺鹽，腸喊胃叫，體力大受損耗，直到經過兩週的陸上生活，體力才恢復過來。

舟山是一處可愛的寶島，四週小島林立，像鑲嵌在一顆大鑽石旁邊的小水鑽。由於島與島之間互相障蔽，因而冬天不過分寒凍，漲潮落潮，激流也不太大，極其適宜於魚類繁殖，船出海外，即是長江出口，海面遼闊，足堪魚類覓食的有機物極多，所以成為我國最大漁場之一。

島上有高山，有平疇，有河流，林木蒼莽，村墟互為偎依，雞鳴鴨唱，犬吠牛喘，氣氛分外靜謐。如果不是戰亂，生活在島上，種一畝熟地，駕一葉扁舟在島四週網些海鮮佐餐，晚上聽松濤海嘯；心境不平靜時，就去普陀山求高僧指點迷津，化除妄結俗根。這種不受物欲左右的生活，跟仙山蓬萊又有多少區別？

我們先住皋洩鄉，後住鹽河鄉，在居住鹽河鄉期間，每天早晨都與同伴攀爬一座高山，沿著山間小徑，拾級而上，登上山巔，正好天剛破曉，山頂住著十幾戶人家，他們是仙境裡的仙境，世外中的世外。自山頂往下眺望，只見小島環伺，歸帆片片，銀浪為島嶼鑲著花邊，鷗鳥迴翔，晨曦將霞光揮霍地撒在島上海上，使景觀更形綺麗。

那時節，我們都還年輕，而且都是詩的年齡，每天爬上山巔後，就各自選一處地方展開詩卷，追求自己的靈思。儘管我們對詩的意旨了解不深，但經過一個字一個字的揣摩體悟，多少也能吟哦出一些詩趣來。

此後數月，由於時局糜爛，自上海浙江逃避赤禍而來的同胞愈來愈多，心境也跟時局一樣動盪不安，心裡那分寧靜坦泰，還不及在贛粵二省成天奔徙來得篤定。每想到國事家事，雖沒范文正公「先天下之憂而憂」的胸襟，半夜醒來，也不免愁緒萬斛，難於自理，因之，讀書的興趣也就相對遞減了。

不過，有一件極為遺憾的事值得一提，那就是一位朋友送我一部《宋代筆記》，以我當時的水準讀宋朝文章，是多少遜了一把火候；不過，看那木匣精裝的版本，很能體會當日出版此書時付出的人力物力有多鉅大。由於每日翻閱摩娑，所以印象極為深刻，很可惜在舟山轉進中，大家傳言是反攻大陸，心頭一樂，心想既然是反攻，錦繡河山的長江黃河，五嶽黃山就是一部大書等待自己逐字逐句去閱讀詮釋。以中華版圖之大，文化積蓄之深，何物不有，何事不寓，要這幾卷書幹嘛？所以，便留置在房東家，誰知道一上船才曉得是返回臺灣，懊喪也來不及了。事隔三十年，每想到那些書的字體及版本模樣，再與一位朋友的珍本書相對照，才知道那是明版書籍。不說它的物質價值，單是它歷經數百年之久的精神價值就夠彌足珍貴。假如帶了出來，也算是自己擁有一部古版書籍，連帶使自己多了幾分書香。只恨自己愚騃無知，不是伯樂的材料，所以才使千里騏驥，伏於槽櫪之間，與駑駟相同。唐突文化，罪過罪過。

在臺灣待了不到一個月，自己又像陀螺般滑溜溜轉到了金門烈嶼。回憶這一年來，我像個過游牧生活的蒙古同胞，這兒半月，那兒十天，一直沒有好好享受一個月以上的安靜日子。

一九八六年十月廿七日

《大眾副刊》

五、自己拓條人生路

窮與富是否為命定？難有肯定的結論。信命的人說是命裡注定，強求不得。不信命的人則說：窮人可以翻身。富貴豈是天命？布衣照樣當皇帝，劉邦、朱元璋還不是布衣起家？同樣稱帝稱王傳之子孫數百年。南朝宋、齊、梁、陳，唐末五代的帝王，那一個不是市井無賴？個個登上金鑾寶殿那把龍椅發號司令，威風八面，接受三呼萬歲，自尊自大過日子。

窮富貴達如果是命定，誰有權力決定一個人的一生？如果不是命定，為何有人含著金湯匙出生，錦衣玉食一輩子？有人勤苦耕作，或奔走江湖謀點蠅頭小利才能吃飽穿暖？有人十年寒窗，讀破經史，爛熟典籍，就是一生愁衣愁食，飽暖是憂？

這個命，真是玄之又玄，令人難以索解。

筆下野馬跑到這裡，我且撇開富堪敵國位至宰輔那種境界的人物不談他。只談中下層人物的窮與富問題，讓自立自強的人留下典型，讓不自振作甘受命運播弄的人知所奮起有為。

一百年以前，全球人口維持在生產與消費平均值之下，到了今日，人口爆炸，生產不足，消費過鉅，大家拼命向地球勒索生活物資仍感不足，企圖三餐豐足，飽暖無虞，已然十分困難。人類生育又無法一聲令下說止就止，人口不斷增加，加上天災人禍的交相摧殘，活下去真是一條艱苦萬端的路。

怎樣找隻飯碗？幾乎是人生最重要的一則課題。

農業社會靠耕種。《大學》上說：「有德此有人，有人此有土，有土此有財，有財此有用。」這就是說有土地就能生產，能生產就不乏財用，有財用便能衣食無虞了。

河流是我們人類的母親，土地是我們的父親，自祖先以來，我們就是依靠天地父母活到今日。農人一把鋤頭一張犁就能養活一家人。

工商業社會，農地起了高樓，建立商業區，拓成道路，給商人製造了生機。農人的鋤犁成了博物館展場的古董，熱愛土地的人無地可耕，徒然苦嘆無可奈何。

我家先人以耕讀傳家，曾祖父是位窮讀書人，以教學為業。我推想曾祖父的學問應該不怎麼高深，如果真的博通經史，學貫古今，他應該可以考個秀才舉人什麼的，安然在家作鄉紳，縉紳雖不能厚邀天寵為之雨金致富，至少設館教學，應該是富貴大家爭相羅致的名師。他只在一位富家教授富家子弟，不必播遷不定。不過，我曾祖父生了一位有作為的兒子——我祖父洪興公。曾祖父母為兒子娶房媳婦後，我祖父白天種田，夜晚播種，一口氣生下我父親兄弟四個精壯兒子，家父行四，命他讀書，上面三個伯伯長得驃悍魁梧，一身牛力，祖父領著他們種田，四把鋤頭等於四把鑛鐽，成日在土地裡挖鑛瀝金，幾年功夫，年年倉盈廩豐。加上祖母與三位媳婦養豬飼雞養蠶搓麻織布，二十年時間家業發達。曾祖父教書的東家兒孫不肖，賣田賣屋，我家祖父把穀子換成銀兩，將周家的田產買回來。當年被周家嚴防為賊的祖父，成了一位犁耕發家致富的典型。人有錢，等於不印名片的身分證，任何場合，祖父是坐貴賓席的上客。這就是有土此有財，有財此有用的例子。

當農人沒有別法，早出晚歸，耕雲鋤月，只要勤勞，豈止衣食無虞，也能累積財富，成為地方有頭有臉的人物。

土地原本沒有主人，自從有了政府組織之後，土地立刻被推為首領的共主所壟斷，共主劃分給諸侯，諸侯也掌握了所有權和分配權。

地球在宇宙中只能算是一顆小星球，但在我們渺小人類的心目中卻是奇大無比，除卻山海之外，曠地之廣，供應人類耕種養殖仍然是綽有餘裕。

再說天子諸侯權力不及的地方，仍有許多閒置的土地供人自由墾拓，只要找到此種桃花源，種山的種山，植稻的植稻，養活妻孥照樣能夠豐衣足食。

耕種是主業，養雞飼鴨畜豬養羊育蠶是副業，所以孟子苦口婆心教民除不廢農時勤於耕作外，副業即可供應家人衣帛食肉的豐給生活。主副兼重，家人仍有凍餒之色者，套用孟子一句話說：未之有也。

人類貪欲無窮，深知有了土地，便有財用。於是豪猾之徒和擁有兵馬的軍政勢力與財富雄厚的地主富商，便興起兼併之心，土地愈多財用愈饒，富者田連阡陌，貧者無立錐之地，貧富界線劃成兩個階級，形成兩種對立勢力，土地問題成了中外古今最棘手難解的問題。

我們讀歷史，常常看到兩國交鋒，一場戰爭結束後，勝方將敗方的男女牛馬全部驅迫離鄉背井，隨勝方回國成為他鄉之客。勝方把婦女配給屬下為妻子，年輕男子則成為農奴。頭腦靈活、應對便捷，復又善於察言觀色的童子，劃為灑掃應對的家庭雜役。農奴就是生產工具與成本，廣大的耕地面積有了農奴供役，生產愈多，蓄積愈富，兼併之象愈益錯綜難解。

漢朝大儒董仲舒曾說：「大富則驕，大貧則憂，憂則為盜，驕則為暴。此眾人之情。聖者使富者足，以示貴而不至於驕，貧者足以養生而不至於憂，以此為度而調均之。」

董仲舒看出了土地兼併問題的嚴重性，企圖以均產解決問題，結果自漢而至中共建國，「毛主席」殺地主戳富農，掃地出門實行土地國有制以解決土地問題，於是人人有耕地，家家足衣食，土地問題解決了沒有？沒有。農產品價格低廉，生產成果不值生產投資，原來仰望農耕維生的年輕人，投入通都大邑經商，小本經營亦比種田利潤高。有些人則去工廠當工人，上下班制，藍領階級比農人汗領為輕鬆，出力少而收入豐，家中的土地任它荒蕪廢置。可能百年之後，因為土地又衍生出另外一些問題來。

土地國有確為杜絕兼併問題的直接手段，歷代革命也是革弊立新，斬除所有弊病的根苗，到最後仍然弊端叢生，前朝的病象又在新朝發作了。

臺灣地狹民稠，由於工商業發達，荒蕪廢耕的土地任它雜草叢生。最近幾年來，許多受過現代教育的年輕男女，紛紛脫下華衣皮鞋，帶著科技新知識回歸鄉梓，以科技種植，改良傳統耕作方式，往往拼出另一片生活天地。可見人活著，先將衣食問題解決之後，農耕固然辛勞，變個花樣，找條新路，往往找到新契機創造出另一種人生意趣。

人人希望致富，致富哪是一樁容易事？王永慶、張忠謀、張榮發、郭台銘諸先生……許多許多大企業家，白手起家，創造數千億美金的財富，養活數十百萬員工家口。不能信口雌黃，批評他們為血汗工業，一分努力一分收穫，一分付出一分報酬。要沒這類企業家的慘澹經營，想想，該有多少嗷嗷待哺之口，瞪著空乏的米甕而愁眉不展默默垂淚呢？

致富沒有天賦，如有天賦，即可坐以待幣，毋須動腦動力。遠見、智慧、膽識、勤勞、魄力、機緣等各項條件的有機配合，缺一不可。我與這些大企業家是同一地域同一時代的人，我就只能恰好混個三餐不餓，多一點點盈餘都是妄想。要想購買一項生活預算之外的物品，必須掐著手指頭算計又算計才能如願。

是老天偏心？待他們特厚待我卻鄙薄嗎？不是，這裡面就包含著彼此智慧等差的因素在。一個人妄想大富，不可能，求個溫飽無虞，應該不是太難的事。問題在：個人有無恆毅不息、敬業樂群的精神？

嘗見許多年輕人，雖然頭腦敏銳年輕有才，但缺少耐性，並且自估過高，不問自己具備多少優越條件，只問齊頭式要求待遇優渥。這山望到那山高，換工作環境如同午餐換吃食攤，像飄萍飛蓬，一輩子都是單位的新人，沒貢獻和資歷，在晉升和調薪上只能旁邊站。

換工作換環境，從頭開始，也許可以另外開展一個契機。但掉頭就走，那種決絕的態度也不免令人搖頭嘆氣。

事業要靠勞資雙方攜手合作才能有發展，客主雙方有互相依存的利益融洽，不是劍拔弩張銳刃相向的敵對，彼此各抒智慧，共同努力才有前景。

我不瞭解他人處事的態度究竟何執何棄？我一生要求自己取予有分際，非分之財不妄取，非我應說的話不妄言，宅心忠厚，心存感恩。凡事不可過河拆橋，不狼狽為奸，也不吃裡扒外，言行一致，不暗中害人。如此一生，事業雖然無成，倒也光明磊落，半夜不怕鬼敲門。

做人如不誠實，心存譎詐，事事算計別人，說大話佔便宜，人家上一次當學一次乖，別人與你打招呼只談今日天氣好，不掏肝掬心，因為你已被人列入拒絕往來戶，誰敢與你不離不棄成為事業上的好友呢？

致富不易，衝破貧窮線，求得三餐溫飽養活妻子兒女，只要勤勞，應該不是難事。現在要問問自己，我有沒有具備讓人信任的基本條件？

貧與富不管是命定抑為後天努力不夠有以致之？一生能夠吃飽穿暖，不愁凍餓，也算是天地造化好生之德，人生無憾的幸福，還求什麼呢？

總之，一生順逆否泰？還得靠自己拓出一條生路。

六、吃出文化來

凡是生物都要吃，吃，才能活著。

以前，只知道吃是為飽肚皮。肚皮平白受冤，擔著一個糟蹋糧食，浪費錢財的惡名，忍辱負重，素未擊鼓鳴冤。知識發達，才知道生物如果沒有肚皮水陸不忌，葷素全納的本領，生命這齣戲就唱不下去。原來肚皮是為補充營養的大工廠，它絞碎食物，製造熱能供應各器官正常運作，生命才得延續。

千千萬萬的生物吃什麼？由各自性格所趨有所選擇。馬牛羊駱駝牛羚鹿……等吃草，獅子老虎等搏殺其他生命供應自己生命所需。好豪邁，真個是大塊吃肉，只差大碗喝酒，那份暢朗之樂比之梁山伯一百零八條好漢更多一分快哉三餐也。小蟲吃樹葉，嚙嫩草，味道可能與獅虎大塊吃肉相同。湖海魚類，大魚吃小魚，小魚吃蝦米，蝦米吃浮游生物。上帝把食物鏈調配得供需平衡，各遂所生，各盡其妙。只有我們人類，吃遍獅虎牛羊蟲魚豸蟻，天上飛的，水裡游的，地底藏的……上窮碧落下黃泉，皆為珍饌美食。煎、炒、燔、炙、燉、煲……烹調方式之多，推陳出新，吃得津津有味，齒頰留香。此中尤以粵、滇、黔同胞集吃食藝術之大成，蟲、蟻、蛇、蝎……皆為桌上美食，煲炙異法，生熟不忌，酸甜苦辣，冷熱涼溫，上得桌來，芳香四溢，無不引人饞涎欲滴。美餚上桌，那有餘暇顧及盤中物原為蠕蠕然而動的蟲蟻，躍躍然騰跳的獅虎兕熊呢？只要能嚥進肚的，便不由雙箸往返不疲而讓口腹大快了。

※　※　※

人類如何進化？我不是歷史學家，也沒那分學養弄清楚。只是約略知道人類先自漁獵時代進而為畜牧為農耕。

漁獵當然是捕魚獵獸啦！餐餐吃肉，好幸福。我小時候，三個月也吃不到一次肉。若是夏天，父親買回一斤五花肉，全家大小立刻喜氣洋溢。大哥種的青辣椒正好熱鬧登場，老娘命我去菜園摘下至少兩斤青嫩辣椒，大二嫂掌刀切成兩大海碗，老娘戒慎恐懼先將肥肉煉油，然後兩大海碗辣椒入鍋，炒得廚房滿屋香氣。吃飯前，老娘給我兩片食指大肥肉，舀一匙辣椒在我飯上，此後，警告我不可在辣椒肉碗內翻江倒海。我扒口飯，尖著牙齒咬一點那兩片身比蝴蝶輕靈的肥肉，算是有肉配飯，覺得好幸福。先民卻因漁獵而餐餐大塊吃肉過日子，多羨煞人。

在那個時節，大地未曾墾發，處處榛莽交錯，叢林密菁，野獸擁有豐茂的水草為生，山林是牠們美妙的家，生兒育女，傳宗接代，繁衍綿延，十世八世同堂。先民獵一隻獸類可以舒舒服服過好幾天日子。

孟子謂梁惠王曰：「……不違農時，穀不可勝食也；數罟不入洿池，魚鼈不可勝食也；斧斤以時入山林，材木不可勝用也⋯⋯。」

荀子也強調：「草木榮華滋碩之時，則斧斤不入山林，不夭其生，不絕其長也。黿鼉魚鱉鰌鱣孕別之時，罔罟、毒藥不入澤，不夭其生，不絕其長也。春耕夏耘，秋收冬藏，四者不失時，故五穀不絕，而百姓有餘食也。汙池淵沼川澤，謹其時禁，故魚鱉優多，而百姓有餘用也。斬伐養長不失其時，故山林不童，而百姓有餘材也。」

孟荀二賢所強調的論說時，社會已進入人口稠密，政府組織已然管制人民取用有節，捕獵有時的農牧兼重時代。先民那需要如此節制？餓則漁獵，飽則曝日酣睡而優游自得。

大自然高聳的為峻嶺，低平逶迤為丘陵，平坦綿接的為曠地平原，泥濘而水草雜生，池沼與乾地交相紐錯者為澤，蓄而不洩為湖為塘，滔滔奔流成日歌唱不絕者為江河，魚類在這種環境存活自然也與獸類相同祖孫相繼，統緒不絕。居住湖濱水岸的先民，生活資源自然就地取材向水中求發展。當時人口稀少，所需不大，求之不多，江河澤塘，高山崇巒，魚豐而獸蕃，先民能吃多少呢？

先民不事耕種，毋須苦嘆「鋤禾日當午，汗滴禾下土」。狩獵獲魚之後，便以歡呼歌舞來慶祝了。出門沒有舟車馬牛代步，吃得少，動得多，心血管系疾病不會乘虛找碴，自然活得健健康康活得長。幼學句解附錄中說，盤古氏、天皇兄弟十三人，人各一萬八千歲。那種年歲怎麼算法我不清楚。古時無曆法，到皇帝軒轅氏才創曆法曰黃曆，夏朝修正曆書是謂夏曆，這才確定一年為三百六十五日，過一年則為一歲。一個人壽高一百已是奇蹟。彭祖壽至八百，只是傳言。活到一萬八千歲，那不變成人精了。不過這是傳說，傳說不能盡信。大約先民身強體壯，孔武有力，生活環境無汙染，吃喝全為生機飲食，抗病力強，活得比我們現代人長壽應該是事實。

由漁獵而至農耕，五穀何時由人類利用供為生活資源？馬、牛、羊、犬、豬何時由野性不馴而為人類肩負起家庭重任？也無史籍稽考。不過，這時節，人類已然自淨吃肉魚進而有澱粉蔬菜類植物充糧食了。

先民沒有婚姻制度，也沒「同姓不婚」的禁忌，男歡女愛，由生理衝動轉而為愛萌芽，情抽苗，幕天蓆地，皆為閨闥。日月昭明，就是媒妁。男方有意，女性多情，反正沒有禮教約束，搶奪或相偕心愛的女人回巢，生米熟飯一鍋煮，一則是力的征服，再則為愛的溫存，兩情繾綣，不離不棄，柴米油鹽，兒女悄悄跟著來。家庭是不是在如此情況下建立？大約八九不離十。其後，思想進步，才由鄰近的部族互相通婚，各部族由通婚而構成中華民族的大融合大團結。

你有家，我有家，小兒女不問張三李四，瞎摸瞎闖萬米奔跑來投胎，老幼男女，鰥寡孤獨成一大串。人口稠密，處處村落，穿衣吃飯，便成了人生的一大問題。

※　※　※

人類由散居而聚落，由個人漁獵而集體圍獵，漁獵技術改良，生活資源便易於獲得。形成聚落後，各自耕稼，各自生產，交易行為便產生了；構屋建居，房屋相依，望門對宇，市廛街道不期然而然有了規模。生產過剩，彼此以有易無，互為補益，蔓售販賣，商業行為發生了。生意茂盛，人手不足，只有請親鄰戚里互相幫助，自然而然有了主僱關係。有了薪給酬勞情形，市場文化由是萌芽滋長。這些現象與社會變化，全是為了活下去，為了吃飽穿暖而發展的社會文化。

畜牧事業必須要有廣邈的地理面積供應牲畜的牧草飼料，因之，荒遠的西北地區成了畜牧業的樂園。飲漿食肉，固然可快口腹之欲，畢竟缺少菜蔬米麥以調節飲食之宜，是為身體健康一大戕害。西北荒涼，水源供應不足，糧食自然無產，沒有糧食，沒有絲麻，何以抗拒寒酷天候，讓珍饈美食以恣口腹之欲？強悍的邊疆族民，不時牧馬南下，鐵騎縱橫，快速如風，掠奪劫持，盡取所需，然後驅馬北歸，回歸原來游牧生活。素懷政治野心的驃悍不羈之士，想到皇帝老子輪流做，你能做我為何不能取而代之？於是，建立王朝，大封子侄功臣，統治一個地區，役民工作，坐收賦稅，美饈珍食，華屋麗宮，霓裳歌舞，照樣我帝我王，傳承相繼。這也是為了吃飯呀！

發展農業必須要有豐沛的水源，水源豐沛之處當然是河議縱橫，由於地理環境優越，水草豐茂，雁鳧成群，魚鱉蕃育，榛莽叢簇。居住山林的野獸，也必須飲水食草以暢所生，不時結伴下山，踽踽於茂草豐澤間，以為生活樂園。先民藉此優勢的地理環境，獵獸捕魚，兩得其便，均能解決吃飯問題，從而研發獵捕技術和工具，生活資源的斬獲更是無往而不利了。

由漁獵而農耕，濱河近水地帶最為適宜；尤其是大小河流交錯的三角地帶更為農業的理想所在。我國古書稱之曰汭。兩水環抱曰汭，水豐而地肥，如渭汭洛汭涇汭，中華文化就是從這些汭之所在萌芽發皇。小水系匯入大水系，這些水系的兩岸及水與水相交的角裡，水源不虞匱竭，草萊滋長代謝堆積為肥料，土壤如膏如油，只要播種便有收穫。即使水淹為患，淹沒低窪地區，秋收無望，今年水漲成災，明年未必災害重來，重新開始，再燃希望，一年豐收，便可兩三年不愁吃喝。再說高亢地區，暴洪急汎也無法侵犯，此處歲歉，彼處豐收，以有濟無，互為彌補，依然存活不愁。吃！吃！吃！文化發展全皆由此萌芽抽葉壯幹，繁茂富麗。我國多采多姿的中華文化，多是自漢水淮河黃河長江……等幾大水系與其他支流匯聚之三角地帶繁富而燦爛，成就為今日世界文化一大主流。

吃飯是生命的基本問題，文化就成了基本問題的絢麗花事。由吃飯而吃出吃的文化，更是富饒而難以一一縷述。北菜重鹹，南菜重淡，江浙粵閩濱海，其菜重甜，湘川黔滇等地區，高山綿亙，森林密布，天候變化無常，遇冬酷寒，逢夏鬱熱，瘴癘因天候異常山林蒸鬱而不時為害居民，其味則重鹹辣……富貴閥閱之家鐘鳴鼎食，帝胄之家滿漢全席。由於地區身分的差別，菜餚花樣翻新，窮盡吃的大成，載之食譜，著之典籍，傳述千古，代代推陳出新，竭盡智巧之妙。至於高水準高性靈的藝術發展與成就，更是由吃而帶出千流百渠，浩渺無際。

※　※　※

我國除西北邊圉之地外，華北華中華南全以農業為主，供應人畜肚皮所需，濱海水系交錯縱橫地，由於水系交匯航行便利，舟楫藉著水勢日行千里，載舟之利高於覆舟之險。不像山區，高山盤亙，越過這嶺更有那嶺，翻過此峰更有令人攀越叫苦的巍峰，能夠日行六十或百里路程，那就是飛毛腿類人物，負貨挑擔，困難倍至。至於藉馬騾載物或馱人，也是慢條斯理，按節而行，那有船舶御風行水之快呢？於是，濱海地漁鹽之利厚，商業特別發達，港埠旅棧，集貨發貨，成了商業繁華的焦點。行商坐賈，找到謀衣謀食的新行業。大老闆動腦不動手，小伙計動手不動腦，營利事業如春天大地的百花齊放，芳草秀發。大老闆坐收厚利，席豐履厚，吃遍山珍海味，讓肚皮豪興快意，大樂「快哉三餐」也。小伙計按月支薪，毋須櫛風沐雨，冒寒犯暑鞭牛扶犁，或挖山墾荒般辛苦，就能討得三餐飽飯吃。吃吃吃，也吃出社會進步文化發達的契機來。

我家大哥個矮人瘦，活像柬埔寨的餓猴。我比我大哥稍微體面一點點，猴哥猴弟，依樣葫蘆全是猴腮猿面，瘦骨嶙峋，上不得檯面。大哥人雖乾瘦，卻是老爸的賢相良輔，家中農事全由他一手擘劃兩肩承擔，春耕夏耘，秋收冬藏，事事少了我那餓猴大哥，我老爸就真成了孤家寡人。老爸是位動嘴不動手的讀書人，大哥則是力行實踐的農業家。元宵剛過，水田薄冰尚未融解，大哥不須老爸吩咐年年自動自發驅牛下冰水田犁耕，自此以後，一直忙到冬季種下蘿蔔白菜，冰雪凝結為止。大哥為什麼如此勞怨不辭、甘於做牛做馬？為了一家八口每天一睜開眼睛就要吃喝呀！

二哥生性浪漫，上有大哥頂著，下有弟弟使喚，他倒樂得學武術、傳統醫學和樂器。兒子長大了像一頭不聽管束的小犢小驄，花心兼好動，娘管不住了。老爸在外教書，一個月難得回家一次，閻王爺日日不早朝，小鬼當然鬧翻天。大哥忙得昏天黑地，二哥照樣優游自得穿門越戶追閨女，非到秋收毒太陽烤得我大哥遍身冒油，二哥才下田幫大哥割禾打穀作收成。

大二哥對我這這個弟弟格外「手足情深」，一刻也不讓我閒著。教小牛犁田，就由我這個十歲不到的小弟弟牽牛鼻繩在前引導，大哥在後扶犁。春水泱泱，凍得骨子心都僵冷劇痛，一直要忙到吃午飯。桌上沒有魚肉，不是炒蘿蔔，就是芥菜梗，一旦有碗乾辣椒炒豆豉，那就是農家的美味珍餚。大哥無怨無尤，我豈敢挑三揀四？其他如砍柴、撿田螺、抓魚、拔秧、種地瓜、割禾、收黃豆……我兩位兄長真是照顧得我無微不至，反正是甘苦共嚐，憂樂與共，連三伏天的毒太陽，寒冬冷冽的北風和冰寒，也讓三兄弟同享共擔，絕對不讓我這個小弟吃半分虧。當時年幼不敢反抗，現在想來，大哥也是憂愁家中八隻飯碗添不滿才無怨無悔拚著老命幹，連帶把瘦如乾柴的小弟弟一塊「陪葬」。要是不吃，多優哉游哉，人不吃怎行呀！不吃就是死路一條啦！

一九四九年一場家國的大變化，我放棄年薪不足十五擔穀子的教鞭，糊裡糊塗跟隨小學高班學長入伍，補上一名文書上士，說是謀前程拚事業，實是自己割斷自己出生滋長的根，由湖南江西福建廣東而浙江，尤其在江西省內，為了欺敵，我們七五師往返寧都南城南豐廣昌……之間，其他友軍則在其他縣市往返穿梭，讓共軍搞不清楚胡璉兵團究竟有多少實力？一則讓蟻潰魚爛的政局延續土崩瓦解之急，其次也壓制了地方潛伏的土共勢力匿蟄而不敢乘勢竊發，先期稱王稱帝。一隻不足三十八公斤體重的瘦猴居然兩足邁越過數省千萬里之地、疾病、飢餓、戰火，暑寒全未把我送去閻王殿，最後，在風景秀麗絕對多數同胞樸厚篤實的臺灣定下來，活到白髮皤皤。扳著手指頭數數所剩的日子不多，風雨順逆，榮辱頓挫，一路艱辛，一路酸澀，父兄一別，就此永訣，慘痛人生，孰踰於此？為什麼？為吃飯呀！才遠別祖宗廬墓；長夜漫漫，噙著眼淚吞飲這杯苦酒，不為吃飯，多好。不吃怎行呀！不吃那有今日輝煌燦爛的人類文化呀！

七、一生都在跑龍套

龍套為國劇中的一個名詞，因為他們都穿一種滿繡龍紋的特製外套，梨園行裡便呼之為「龍套」，有時也稱之為「打旗兒的」。龍套有時也不一定非打旗不可，因為身分不同，所持之物也有異，如皇帝的內侍、后妃的宮娥、權臣的校尉、番邦的兒郎，官廳的衙役三班、主帥的三軍人馬等等。龍套在舞台表演時，以四人為一堂，按劇中需要，而使用堂數多少不定。龍套在臺上太多不開口，沒有繁重的做作或武打，頂多喊聲「有」字，或者是「某某某見」等。表演時往往由龍套帶領走動，角色雖然卑微，卻是舞臺上不可或缺的人物。

凡扮演龍套的大致不外三種人，一是最初入科班習藝的學生，主要使其練習舞台經驗；其次則係一些對國劇衷心熱愛而其技藝又不足當主角也不堪為配角，一旦進入劇團，只得跑跑龍套；再次則是窮途潦倒沒落的演員了。（摘自王元富先生所著《國劇藝術輯論》）

王先生是戲劇專家，他的著作當然是重如千鈞，淵源有自，理論不可移易。他對龍套的解釋，與我自己揣想的「龍套」二字卻是差了十萬八千里。我原以為龍套就像舞龍一般在舞臺上形成首尾一貫的表演活動而已，角色分量雖然不可或缺，卻是無足輕重。我的推想與王先生的專論倒是車異而轍同。

在老家看「湘劇」，在金門島四整年時間趕「粵華」「百韶」兩個京劇團的戲場子，幾乎是無役不與。自己雖沒演戲細胞，對主角龍套演出的觀察，卻多少給了自己不少的惕勵與謙遜的策勉作用。

想到自己自少至老這一生偃蹇不順的歲月中，無論在家庭、學校、戎伍和社會中，我全是一個不起眼的龍套角色。

王先生把龍套分為三型，我私自比量一番，那二型都與我路數不對，只有「潦倒」二字可作我的一生註腳。但很幸運我並未落到「窮途末路」那種境遇。

在老家，我家的固定人口是八口，活動人口有時是九至十人，為什麼說是活動人口呢？因為七十年前大陸醫藥落後，農村只有醫緩病難治急症的中醫，這還是富厚人家的特權，貧寒人家一旦生病有兩條路可走，一是待死，二是看你生命力熬不熬得過閻王爺的急催嚴拘？中醫日夜煎藥熬藥養護那口氣，活了是你命硬，死了是天數已盡，命該如此。西醫協和醫院設在北京，湘雅醫院設在長沙，富有人家如去湘雅醫院就診，自起程坐轎步行一日半再搭粵漢或浙贛鐵路火車，抵達長沙，命長的還可掛個急診號，命短病急的早在半路上「魂歸離恨天」啦！至於兒童夭亡，死個小孩如同瘟隻小雞小鴨。我家幾個弟弟就是如此高高興興來報到，不到三五歲又情有不捨地與父母兄姊告別走了，所以他們算是浮動人口。

那時節，大哥二哥已是銅皮鐵骨莊稼漢，兩個哥哥成日忙農事，冬春不怕冰雪，夏秋不畏酷暑，閻王爺再兇再狠也使喚不動他倆，他們沒時間理會，也不屑理會。

至於我呢？倒是拜兩位哥哥「手足情深」之賜，硬是把我一副皮包骨的身子磨成一個「鋼絲人」。只要自己不想死，死神也奈何我不得。

如果厚著臉皮把家比之為一個小朝廷，我老爸當然就是「朕即天下」的皇帝。老娘自然是正宮娘娘母后啦！大哥是太子，二哥是藩王，大二嫂名正言順為太子妃和王妃，姐姐公主身分誰也不能篡奪。我年小無知，復又好動貪玩，上樹掏鳥蛋，下水抓魚蝦，如有梯子可爬，月亮也要把它摘下來。如此一個頑劣不馴的孩子，當然不曾受封，在家應是毫無地位可言。老爸隨時可以把我叫到身邊大講人生大道理，不順眼，馬上怒言呵斥。老娘纏足，三寸金蓮跑不動我這野孩子快，當我犯錯需要體罰教訓時，老娘便用糖果誘惑我。

「毛仔，娘給你芝麻糖吃。」

既然有吃的，那記得何時犯過錯？高高興興奔到娘身邊，老娘像老鷹抓小雞般一把將我扣住，於是，一面控訴我罪過，一面在我屁股上猛用竹片抽，竹片柔軟，抽下去皮裡肉裡雙層痛。芝麻糖沒嚐到，這一餐竹筍炒肉片夠我哭喊半日也吐不盡肚皮裡那股冤氣。

大二哥已然長大成人，自春到冬農事忙不完，我不知道兩位哥哥是疼愛我這個小弟身體孱弱，擔心半路夭折？還是看不慣我成日遊手好閒，白吃白喝不出半點力還嫌飯裡有粃子芥菜幫子太老？反正我是自八九歲開始就得分擔農事，到我十九歲離家謀衣謀食，無論寒暑假我未嘗一日閑散過。三兄弟有福同享，有禍同當，骨肉連心，手足情厚。今日想來，我這兩位哥對我真是「照顧周到」。

在家我沒有發言權，也沒否決權，更莫說決定權和反抗權啦！十九年家庭生活，我與潦倒沒落才淪為跑龍套那型戲劇人物又有何別呢？

※　※　※

老家學制，小學五、六年級稱謂中心小學，住校。週六才得回家探望父母，星期日下午返校。十歲出頭住校，一切自理，飽餓寒熱，全由自家負責，好在兒童天真無鑿，只要不受飢寒，全班幾十位同學全是玩伴。除了上課時正襟危坐鴉雀無聲外，其他時間全在玩，吵嚷之聲，數里之外也能受到干擾。

我個子矮身體瘦，排隊站隊尾，籃球排球場上不是我的活動天地，只有在旁當啦啦隊鼓掌助威。身高體壯好爭好動的同學當主角，我隨侍在側吶喊加油。想想打天下爭帝位，全是那群驃悍不遜之輩，野心勃勃，石頭不動踢一腳，蒼松不風搖一下，想要的非要拿到手不可。我們這批跟在屁股後面吆喝之輩，等候他們睥睨群雄走上金鑾殿坐進那張九龍交椅寶座後，能夠受封得一官半職，讓肚子不挨餓，身子不遭凍，那就是皇恩浩蕩，祖宗有德了。

兩年五、六年級小學生活，我就是如此這般跟隨強勢同學屁股後面起鬨度過。畢業升學，全班四十幾位同學加上上屆畢業的落榜生有上百位之多，人人雄心勃勃，自信十足，取名次奪鰲頭如探囊中物。我卻像隻沒頭的蒼蠅，搧著翅膀不知往那個方向飛？考試放榜個個名落孫山，只有那個不起眼命定跑龍套的侯人俊金榜題名。

兩年替別人抬轎捧場的一肚皮窩囊氣，到此時才輕輕吁出來。不說揚眉吐氣，光耀門庭，至少也算得上是從砂礫中終於揀出一小粒金光閃閃的砂金來。

我曾為自己比人矮一截作首打油詩自謔。

父母生我太不良，為何身材長不長？站著比人矮一截，伸手不夠過矮牆；競技場中我沒分，籃球排球上陣亡；同學鄙我矮冬瓜，頹坐牆根怨我娘。

自以為才華出眾，卓犖不群；待我進入師範眾英群集的班上一比，自家氣燄立刻低了半截。有人能說善道，死人也能把他說活。有人英俊瀟灑，女同學虎視眈眈。有人智慧敏銳，舌粲蓮花。有人風度翩翩，氣質高雅。有人吐納有節，不輕言談，一旦發聲，立見識見不俗，直達肌裡。女同學個個容貌秀美，婀娜多姿，嬌聲燕語，群鶯嚦嚦。有的含羞帶嬌，欲言又止，直似薄雲掩月，輕煙籠柳……我這個鄉野孩子，其貌不揚，粗魯鄙陋，與人一比，同學不排斥，自己也覺羞與為伍。

四年師範教育，我的學業成績年年中上。一生寒素，穿著粗糙簡樸，夏日聊堪蔽體，冬天僅是禦寒而已。四年沒用一毛零用錢，不是不用而是沒有。阮囊羞澀，行止畏縮，惟一的希望只求三餐不餓。託老天鴻福，祖宗陰德，學校不曾把我涮掉，貧窮也未把我擊倒，我像舞龍隊中的龍尾巴，跟著龍身滿場跑，自己根本作不得主，終於把這場舞龍大戲作結束，領到一張畢業證書向父母交差。

半個世紀過去了，當年同學中的賽諸葛、劉伯溫、次蘇軾輩，數理化門門功課搶頭籌的優秀同學，朝夕捧著古文觀止吟哦揣摩，直欲追躡韓柳歐蘇先賢之後而成為古文大家的好友，一個個不是英年早逝，就是在中共初期暴力統治之下因精神鬱卒而上吊投水了卻這痛苦一生。天妒英才嗎？不是。而是清算鬪爭，每次運動配額殺人以清算異己而受逼走上絕路。想活活不下去，他們何辜？年紀輕輕含冤而亡，壯志未酬，成為無告冤魂。我這個跑龍套的卑微人物仍然卑微地活在當下。我為自己慶幸，更為早逝的同學默哀。

我非大器，不曾晚成。但我篤篤實實地正視人生，堅強硬朗地與飢寒疾病貧窮相抗衡而活到今日。跑龍套的小人物也有一點點卑微的快樂與欣慰，老天終究疼憨人。

※　※　※

當官當得早，升遷卻是蝸牛爬竹竿——慢得令人嘔血。套句古話說，這是仕途蹭蹬，宦路崎嶇。古今相同，中外一例。升官晉爵除有巨功大勳外，餘皆要關係密切，人緣極佳。關係一詞，可作多方解釋，不必細表，其中學問大啦！強項骨鯁之輩學不來，荷包乾癟的寒士想學也學不通。當事人八面玲瓏，四周通風，這才有長官提拔，同事援引。我那來此種好關係，坐待長官青睞？我既非奇能特異之士，也無經國濟世之才，肚皮裡墨水不多，腦海裡點子不靈，乾等長官另眼相看，豈非如大旱之望雲霓，沙漠中覓甘泉——空想空望罷了。自准尉升至中校共五階前後三十八年半，平均每級枯等七年六個月。同仁中步步登高，早已位至中將，我仍然一名無足輕重的少校而已。官高位顯未必人人管轄，個個衛青霍去病。仔細思量，他們畢竟有其卓異不凡處，才在碌碌眾生中脫穎而出，領袖群倫。不用妒嫉，只有隨眾賀喜一番，分享他們的喜樂與榮光。

官高官低倒是無甚緊要，可是高官薪水高，家中不愁葷素，兒女餐餐有紅燒五花肉，油煎虱目魚配飯。一上桌人人眉開眼笑，樂不可支，老爸豈不心懷大開。小官餐餐空心菜，星期天打牙祭，碗裡肉少豆乾多，孩子不挑剔，自己愧疚得心裡滴血。

龍套命定是龍套，當然不能充主角唱砸一場好戲。

當軍人的基本條件是身體魁梧，孔武有力，站著像座山丘，躺下像塊碑碣，說話像響雷，生氣會令天地變色，如此才能帶領部屬衝鋒陷陣，生死不顧。我加入戎伍時，正是徐蚌會戰後，國軍潰敗，兵員奇缺，於是不問大麥小麥穀子小米黑豆黃豆全部收納——不管瘸腳瞎眼，彎腰駝背，有個人充場面，不是聊勝於無嗎？我就是如此這般一進軍寨大門就補上一名文書上士。

衛生連上士階有副連指導員、補給士，司藥士……一連九個班，班長全皆上士。當時連上缺員，補實缺的全為身經百戰足跡走遍大江南北的老兵，我往其中一站，文書雖稱司爺，算是有文才的一個人物，仍然是小兵卒子——押後，命定跑龍套。

九個月後升准尉，連長少校，副連長、指導員、三名軍醫都是上尉階，排長中尉，准尉是不起眼的芝麻官，依舊是個跑龍套的人物。

自舟山到金門、桃園大湳、宜蘭枕頭山、成功嶺，這一路渡海跋山，各種職務都歷練過，長官命我向左轉，我不敢向右轉。命我前進三步，我沒膽量只走一步，完全依法行政，沒有自家主張，沒有搖頭的膽量，唯命是從，謹遵毋違，這能算是唱戲的主角嗎？

在成功嶺一待二十年，總算當上了一名小主管——醫務所主任，手下轄有三位上尉、十幾位士官，獨門獨院，關著大門當皇帝，沐猴而冠，如同孫猴子水濂洞中稱王，過了幾年成為牛後的乾癮。

三十九年半軍旅生涯終告結束，檢討得失，無巨功殊勳，也未違法亂紀，危害國家，一腔忠忱，功過抵銷，圓滿畫下句點——龍套下台一鞠躬。

※　※　※

退伍後，不能在家吃閒飯坐以待斃，只有應各方招攬去舞文弄墨作秘書。

當祕書不是漂亮小姐那般倒茶奉水泡咖啡，為主管事前準備事後收拾那一套。一個半百以上老頭子，當年也曾呼風風不應，喚雨雨不來，多少為國家作了一些大小事務，雖無功勛，也未留下爛瘡疤。如今兩鬢斑白，老態龍鍾，再為人倒茶奉水遞香煙，我拉不下這張老臉——窮雖窮，也要窮得一清二白，不墜青雲之志。

搖筆桿，多少懂得一點路數，雖不十分內行，湊合著辦絕對可以過關。再說聘我當秘書的老闆，要的就是這枝筆為他搖筆桿應酬四方，拓展人脈。於是，壽聯、壽軸、輓聯、輓幛、祭文、書牘、賀辭等，撰稿帶書寫一手包。這類應酬文字，當年我老爸授了我一些招數，平仄、對仗、四六駢體，雖不合時代，總要搬出一些東西來應付場面。至於書寫，自書函到匾額，行、草、篆、隸，總得不失規矩。一張宣紙攤開，振筆懸腕，豈止要求流暢可觀而已，筆畫行距之間，大小輕重疏密要配合得恰到好處，生機勃然；再往牆壁一掛，要穩如泰山，固若磐石，八風吹不動，海嘯捲不走，這才算是一幅不丟人現眼的書法成品。即使置之名書家之列，也無絲毫愧色，不能比肩，也堪左右。

秘書的名號響亮，也夠面子，其實說穿了就是一名雇員。掃地打雜清垃圾全都是僱員。貧窮欺人，衣食艱難，不靦顏謀衣食，桌上那來白米香飯果腹，紅燒豆腐佐餐呢？肚皮最現實，三餐不吃，他就轆轆反抗；半月不食，殯儀館就得開門迎客了。面子能值幾個錢呢？

歲月不饒人，健康尚佳，算算年齡已然日落西山，果然垂垂老矣！限於法令，連輕如鴻毛的僱員也得請你走路。回家幹什麼？啥事都不幹，閒也會閒死。只有讀書、寫作、作畫、習書法。這是一生嗜好，也算是一生事業。沒有顯著成就，倒在其中覓得不少樂趣。這時候，書法文藝兩界的朋友都搭上了線，書法展，也受邀請參一腳。作家朋友的新書發表會，也奉命出席捧場。別人當主角，賣力演出，總要有熱心觀眾在台下鼓掌叫好帶動氣氛。用了幾十年的耳朵，忠誠上班一生不支一毛薪水，終於鬧情緒罷工，聽力衰退降到四十六分貝以下。大人物講話，全場鬨堂大笑，我是鴨子聽雷——不懂，不知道笑的是那一樁？待與朋友交談，朋友一會兒高聲朗笑，一會兒輕聲細語，我又不能掃人家的興回說聽不真切，只有裝作全懂，不住地點頭說：「是，是，對呀！就該如此。」其實，我一句也未聽進耳去。像這種場合，豈止是跑龍套，當個純觀眾也欠幾分格。

生老病死是生命的自然律則，皇帝老子是天子——天的兒子，閻王爺一通命令，也得乖乖遵命上路，何況我們這些凡夫俗子。

這些年，老作家奉獻他一生心血於文化大業後相繼凋零，不管識與不識，生前有無交情，奉邀參與告別式或追悼會，也算是對死者一分尊崇與悼念。到了會場，接待人員熱情地迎接問：「先生是文藝界朋友？」

既然分「界」，可見死者生前人面廣。我不文不藝，一生半瓶子醋，到老仍然半瓶子，自己也不知屬於那一「界」？要說不是，我究竟算是死者那一票的朋友呢？只有含含糊糊點頭。不敢大聲說諾，擔心揭穿底牌，丟人現眼。

天曉得，死者生前名滿藝林，身邊全是引領仰望企圖分霑清芬的男女觀眾，我算那根蔥？既未與他交談一席話，也未對飲一盅酒，那能算是他的好朋友？我是奉命出席，向死者致最後敬意的龍套。

好在死者不言不語，正襟危坐在靈堂中央。要是他會說話，八成他會喊：「把這老小子攆出去，他這種身分，配嗎？讓我失格。」

死者沒反對意見，我也只好隨眾待到散會後回家。你說說，這不是跑龍套是啥呀？

八、友情不枯需澆水

友情需要灌溉培護才能成長壯大，不灌溉，不用心經營，任它蔓草叢生、土壤乾涸，不論這株友情是壯如松柏，是強韌力爭向上的藤蔓，或是莖葉柔弱的花卉，遲早它會枯槁死亡。

老莊住台中南屯，是我六十年以上友愛的老哥，我們自三十八年相識後，六十多年來不離不棄，彼此敦勉改過遷善，進德勵行，讓我們一生無愆尤過失。昨日，他突然給我一封信；我以為他年事已高，健康是否出了問題？待我拆開信封一看，原來他在向我吐苦水，他說：

「老弟，你記得小陳嗎？他原是我們同連好友，六十年不曾見面，他昨日突然來台中找我，我感到很突兀，在心理上也覺得有點陌生。談了半個上午，中午我招待他去飯館用餐，然後送他上車回台北。他一再續訂見面時間，我只有不置可否，其實我覺得沒有必要。小陳做人令人感到不夠朋友，你記得嗎？我結婚送他請柬，他置之不理；我婚後三個月還是蜜月期，他帶著他女友來看我，為了接待這個朋友，我把新婚未久的新房讓給他與女友成就一段野鴛鴦溫馨夢。自那次以後，我給他信他不覆。數年以後，才從朋友轉述中知道他已退伍轉往某中學任教，他那時候的月薪是我上尉軍醫的三倍，以後，他買進三戶房子，與新女友成婚，生活心情兩得意，物質精神都比我們優渥。

人在得意時，意氣風發，陶醉在風光生活中，老友故舊全渾忘了。六十年時光流水過，如今他早與妻子離婚了，留下一個女兒跟著他，他居然還有雅興搶了一個朋友的妻子當新歡，房子也成了別人家的產業。如今，也非全然兩手空空，而是風光非舊，只有靠生活補助費過日子，往日銳氣全消，到這時候他忽然想起了老友，希望自老友中找到溫暖和慰藉。我送他上車後，我想到我與他的友情六十年不曾澆水，早已根枯藤萎死亡了，那來的友情？……」

小陳這個人我瞭解，自命風流倜儻，浪漫多情，重男女之愛而疏於故舊之交。雖有友情，也因種子撒在水泥地上，發芽壯大的機會不多。

老哥一番陳訴，我也意識到期望友情蔥蒨，必須平日勤於澆水，風吹歪了扶正它，蟲蟻生了要除蟲，平時不澆水除草捉蟲，只冀望友情長年蔥秀，而且開出大紅大紫的花朵，結成又香又甜的果實，世間那來如此低賤不值一毛錢的友情？

友情如同倉廩儲糧，必須春天勤勞耕稼，夏日耘草蓄水施肥，秋天才能豐收一擔擔把黃金般稻穀收入糧倉，冬日天寒地凍，便可在家蹺足安吃白米香飯喝八寶粥了。

我回老哥一封信問：

「老哥，我們的友情是長江大橋？還是兩根枯木搭乘的便橋？」

不久，老哥覆信道：

「我們什麼也不是，而是古老紅磚砌建的拱橋，自兩端向橋中心砌磚，接龍後敷上三合土，經過數百年世代變遷，這拱橋依然風貌如昔。當兩岸人民走過，只覺得時代儘管進步，這座老建築風雨摧不動，冰雪壓不垮。它就是如此古老陳舊而經得起任何變化而不損風貌的一座老橋。」

戰亂，讓東西南北的人奔徙在一條道路上。飢寒，迫使天涯海角的年輕人聚在一伙吃大鍋飯。肚皮最現實，一日不吃，尚可強忍，三日不食，便將起居無力，七日不進水漿，閻王爺將開門迎客了。

※ ※ ※

我自湖南往，兩位老哥自河南來，緣未必定在前世，百分之三十是巧合，感情卻漆固在今生，我們奔徙在一伙建立了快七十年的烽火交情。比之小陳得意時忘了故舊，老年寂寞才想起找老友取暖。此中情感厚薄？怎能不令人仔細秤個輕重呢？

君臣、父子、夫婦、兄弟、朋友謂之五倫。倫是次序，說明在滔滔人世中人與人之間的五項關係與其先後輕重次序。朋友為五倫之一，可見朋友在我們一生一世的重要性。

仔細觀察人世中朋友的類型還真多，物以類聚、利益相同，性趣一致，便結為同一類型朋友。利害相逆，性趣各異，一開口即感到文不對題，言語無味，語裡帶刺，即使不覺得面目可憎，也會有相處無趣的不爽；自然難能傾吐悃積，互訴衷曲啦！

自古至今，凡是想在宦途上春風得意的人，一靠長官提拔，長官提拔豈是一樁容易事。論才智，你非伊尹管晏王佐之才；論學問，你沒孔孟聖賢的豐厚與透澈；論關係，長官手下群英綽綽，未必容得下你去噓寒問暖，早晚請安；這時候你必須巴結討好，逢年過節，生日喜慶，應當曲盡禮數。長官有善，要多方譽揚；長官有失，要曲情迴護。不唯唯諾諾，幫襯渾水摸魚，也當鞠躬盡瘁，表示死而後已的忠忱。如此建立了良好關係，長官心目中時時有你的影子在，覺得可以長相左右，互相依存，一旦有了美缺肥差，自然非你莫屬了。其次要有最佳的裙帶關係，走內線比外線包圍短而更積極有效；古時候的皇親國戚，就是裙帶關係最好說明，平步青雲，衣朱拖紫，甲第連雲，富貴迫人，多美的人生呀！

再次，則是朋友。朋友這一倫，不論在世宦道上商旅途中，在農村或漁場……只要交情夠得上秤斤論兩，重量不輕，不但可以規過勸善，砥德勵行；在事業上更有互相提攜照應的力量。其他行業不談，單挑為宦這條窄徑作個比喻，本來官宦途中荊棘滿道，得意失意，全靠個人天賦聰敏去體悟其個中三昧。得意宦場的朋友，絕對有孫猴子一個跟斗可翻十萬八千里的本領，才能在儕輩中昂首闊步，顧盼自雄。有這種朋友作援引，當然可以借風駛舵，一帆風順。若是朋友有心而力有不足，只能在他長官面前幫你說幾句好話，誇誇你的才德學問，這只算得上是敲邊鼓，能濟事的機會不多，而且還得看你自己上不上道。懂不懂得打鐵趁熱，有沒有一張狗皮膏藥黏上了就撕不下的勁道？俗話說，命裡註定八合米，走盡天下不滿升，朋友有心無力，自己又是呆頭鵝一隻，祝英台怎樣點化也不開竅，那就只能宦途顛簸，一生寒困到老死，命裡註定，不認命也不行啦！

自三代而至春秋戰國這段歷史長河裡，施教與受教那是封建貴族的專利，平民百姓沾不到邊。孔子把教育文化推廣到四民社會中，這一開風氣之先的舉措，激發了平民百姓聰明智慧與悟力，中華文化突然生機蓬勃，形成長江黃河般源流不竭滔滔無際的氣勢，士成了四民之首。他們的責任，對內明明德，免於昏昧愚黯而為物慾所蔽；對外則是治國平天下，希望老有所終，壯有所用，幼有所長，矜寡孤獨廢疾者皆有所養，男有分，女友歸……人人過著安和樂利的幸福生活。士族階級一直擔任公職，具有民胞物與的仁愛襟懷，幾乎不問自己才力大小？位分高低？就把這副重擔硬往自己肩上挑，挑得動嗎？你想挑，那群邪惡之輩佔據了位置，掌握著權柄，最怕你奪權爭位，妨礙了他們的利益所得，千方百計阻撓你去挑。他不是懷著一顆善心拉住你莫跳火坑，而是不擇手段把良善輩推入政治火坑。於是善惡對立，正邪對陣，邪惡輩便想著一個「朋黨」緊箍咒往異己頭上套，一旦套上了這隻緊箍咒，多少正直有為的讀書人被打壓，被桎梏，被精神繫囚。自東漢而至明末，這個「朋黨」罪名，陷正直良善輩於深淵一生不得清白。良友惡友形成兩條陣線，打得無辜百姓飽受苛政虐待而仰天莫告。

自古至今政商界的朋友，全都是利同則友，利疏則仇，嘴裡說的是仁義道德，背地裡那把匕首隨時往你心口刺。怪的是這些政商動物個個度量寬大，氣度恢宏，清濁愛惡全能包容，今日為友，明日為仇，今日為仇，明日為友，反反覆覆全在一個利字上打轉，看出這種人的嘴臉有多齷齪可鄙。反過來說，清慎正直的政商界朋友也是歷代撐起國家民族興亡半邊天的棟梁礎柱，就因為有他們那股千萬人吾往矣的正氣和擔當，我們國家才能數千年而不滅亡，正義之氣瀰漫天地間而不衰不竭。

賭博喝酒亦有朋友。賭友愈賭友情愈薄，大家全知道，賭友一上桌，人人挖空心思要掏空對方的荷包，希望對方輸得傾家蕩產，自己滿載而歸，富成新宅豪華，三餐珍饈滿桌。酒友呢，不論金門陳高或是窖藏百年的洋酒，好劣不分，一股勁兒往朋友盞裡倒，最怕朋友喝得不夠，自己喝得太多，利己損人，凸顯出酒友另一種可笑的版面。只是一旦喝茫了，新知故舊，全部分不清楚，一句話帶刺，酒火引燃心火，那場面就很難控制啦！

另外還有色友，這類朋友好色的本事修養得滿分，好德則是鴨蛋批發商，滿屋鴨蛋。雖說食色性也，原是人性的本能，無可厚非；但那群好色之徒，偏偏重之為風流韻事，結黨召伴，形成聯合陣線，互相支援，分進合擊，分別自萬花叢中擇美而取，見艷而獵，選中目標，絕不退卻；揮金不必如糞土，看貨論價，不能摻假。國貨與進口貨價格有高低，色友原為此中老手，心裡自然有把尺。那些被摘被獵的時代女性，志在淘金，供需之間自有高人明修棧道，暗渡陳倉，好像並未為這個社會所不容，如同去市場買豬牛肉，價格已然標好，嗜肥的挑肥肉，好瘦的買瘦肉，自己挑選。上等肉價格高，買家吃得開心又合胃口，紅燒清燉白切熱炒，怎樣吃法？自家調理，旁人那來閒空多管他人瓦上霜啦！

※　※　※

去年冬天，我去花蓮探望一位年輕朋友，他是我在某單位擔任祕書時的同事，位階高低不同，彼此倒很知心。說他年輕，是他比我年輕三十歲，如今他也半百出頭了。

我到他家，十足的農人住家，三合院，大晒坪，四週種植高可半天的綠竹當防風林，雞鴨滿場飛；屋後菜園種有機蔬菜，油綠蔥秀，即使是冬天也覺得是滿園春色。屋左邊那口池塘可能有三百坪面積，養殖虱目魚臺灣鯛等，想吃，隨時可以網撈供應。真是農家樂的天堂。

老友造訪，海德驚訝不已，半晌才認出是我。

「侯叔，你怎麼來了？不先打通電話，我好去車站接你。」

「用得著接嗎？你這地方好找，一問就找到了。」

「好幾年不見，多住幾日，我們好好聊聊。」

我這不速之客的突然到訪，忙壞了海德太太和兒女，殺雞刨魚，把我當上賓款待。話匣子一開，我們好像又回到三十年前下班後一壺茶一碟花生米閒聊那段日子。

政客們常把省籍拿來騙選票，外省本省明明一家人，只有情感厚薄的區分，沒有利害衝突，那來省籍情結，政客挑起省籍問題區隔你我，愚弄選民，正好給他們予取予求，宰割善良的百姓而遂其爭位奪權謀利的私心。

我是湖南騾子，海德的祖先由福建漳州遷台已然十六世的本省呆胞，我們何曾分別湖南臺灣？我們只曉得談得來就是好朋友。階級年齡全不是問題，建立了友誼，三十多年時光流淌過，我們情感依然如昔。

海德是性情中人，誠摯厚道，處處為別人想，時時推心置腹待人。交這種朋友，交定了就是一輩子的交情。

在餐桌上彼此喝了兩杯酒後，我忽然想起李思拙曾住海德家。

李思拙也是我們單位一個小兵，自小父母離異，寡居的祖母把他扶養長大，待他長到十七八歲時，唯一的親人，祖母也撒手西歸了。一戶違章建築房子，地主把土地賣給營建公司建高樓，思拙成了人海飄零的孤兒；直到入營服役與海德相識，退伍後無處可去，海德收拾一間雜屋給思拙作住家，一再鼓勵他忘記傷痛拚事業，然後成家，讓自己身心都找個安頓。

我問：「李思拙不再住你這兒？」

這一問，問得海德猛搖頭，那神情看出他有多懊惱多傷心。

「怎麼啦？」我問。

海德長吁一口氣說：「我不想再生思拙的氣。我只告訴你，有一次我去台北辦事一週後回家，思拙這混帳居然調戲我老婆。單身漢想打野食去外面找呀！朋友妻，不可欺。侯叔，你說我氣不氣？」

「思拙怎麼可以這樣子？真糊塗。」

「我太太把實情告訴我，我氣得真想狠揍他一頓出氣。想了好久，我壓下火氣質問他說：『你怎麼可以做對不起朋友的事？我待你不薄呀！』他知道自己錯了，一句話也沒說，向我面前一跪，磕了三個響頭就起身離去，當日晚上沒回雜物間。第三日，海防部隊發現一具浮屍，警察通知我，我走去一瞧，他是思拙。我並沒責備他，只希望他知過能改，為什麼要尋短呢？他沒親人，後事全是我出錢出力幫他辦完。」

我抓住海德的手，給他友情和力量。我說：

「海德，思拙錯了，他沒白交你這位朋友，你給他友愛和溫暖，整好房子讓他白住，下班回來的晚餐都是你義務供應，人世間能找到幾個這種友情樣板呢？思拙慚愧懊悔，他用生命向你贖罪，你就原諒他吧！」

「我早就不怪他啦！」

友情，友情，這類友情你說珍貴還是不珍貴！

※ ※ ※

友情也像生物有多種多樣形態與面貌。

友情原本芬芳，變質了就成惡臭；原本清麗，混雜了就成混濁。

用熱愛與生命滋潤友情的事例很多，它為人間留下芬芳。反過來說，賣友求榮，損人利己，殺友謀財等惡行惡相的事也層出不窮，給人留下警惕與教訓。人世間畢竟良善的人多，性惡質濁的人仍然是少數中的少數。我們衡量友情還是往正面看才能獲得溫情與鼓舞。

前一陣子我在電視節目中，看見雲林青年李富正和他時髦的妻子黃紹慈脫下藍領衣服，回老家重振祖父曾經月入百萬以上的養蝦事業。沒有資金，七位國中好友出錢支持他，他遭遇挫折，養蝦事業瀕於崩潰，七位好友仍然信心十足打死也不退，終於李富正夫婦以生態養殖白蝦，闖出自己一片事業天地，讓年邁衰老而停頓多年的養蝦工作的祖父開心地笑了，重振家聲，再創養蝦事業第二春。

李富正回到農村，回到以生以長的老家，在童年老友的溫馨中，活出生命的光彩。

友情像是銀行存款，需要時可以領取，但要記住時時存入，而且量入為出。如果支取頻繁，只取不存，再多的存款也會變成赤字。我們必須隨時把自己對朋友那分情一分一文存進去，友情簿裡滿是存入的數字，我們隨時可以支用，也可以借給朋友，資助朋友。

友情絕對不是農業社會中向鄰居借火種做早餐那樣普通，飯煮熟吃飽，立刻把借火種那分恩情全渾忘了。互借火種原是農業社會中的常事，此中就有一分相互取與的人情在，純樸而真摯，像農人那副憨厚本色。如果事事取而不予，來而不往，豈是友情的真諦義？

九、找對鑰匙再開鎖

臺灣、大陸都有一句話說：「七十二行，行行出狀元。」木工、磚匠、鐵工、篾匠、縫紉……等皆屬七十二行業之內的一門行業，只要全心全意投入，精益求精，就能在這一行業中登峰造極，成為大師級人物。

今日，科技發達，已然不止七十二行，比如珠寶鑑定師、麵包師傅、鐵板燒師傅、燒煮咖啡類人才、炸雞排正妹、章魚燒等……這全屬新行業，算一算，三百門行業也不止。

讀書的叫做文人，文人是百無一用的書生。明清以前，書讀得好，肚皮裡裝下錦繡珠玉，熟透了經史，可以參加科舉考試，出仕政府。如能一生盡瘁政務，絕對可以博個名身俱顯的一世令名與不虞寒餒下半生優裕生活。今日教育發達，仕宦道上並非讀書人的惟一選擇，政務官換人做如同坐公車，一個個擠上車又走下車。經商途中，更多卓犖不群的傑出人士，像王永慶、辜振甫、郭台銘、張榮發、張忠謀等諸先生，他們的事業與所養活男女老幼人口，比之古時代宰相建功立業惠及群黎，與今日的五院院長也不遑多讓。

我六歲啟蒙，幾乎自己無選擇地走上讀書識字這條荊棘滿途的道路，是幸還是不幸？我自己也不能確定。

做個讀書人，就事論事，應該要有天生幾分才情，智慧要高，悟力要強、識事透，吸收知識後有反芻思考的能力。更要有廣納眾收中外知識的大肚量，……如此這般，才能成為一個才學出眾的知識分子。

我是天生的大蠢蛋。小時候跟我老爸讀詩云子曰，憑著強自記憶這點小聰明，老爸教完課業不待半根香功夫，就能琅琅上口，背誦如流。騙得老爸沾沾自喜，以為自己生了個天才兒子。誰知道這項強自記憶全是小和尚念經有口無心，船過水無痕。如今，全不記得老爸當年教了我一些什麼？待出外為飽暖而棲棲遑遑數十年歲月內，幾乎每月都得找本書讀一讀，真的想自古今中外前賢往哲的著作中吸收一點精華，讓自家生命性靈多少能發點光熱。結果呢？水泥腦子麻石心智，只在字面上游移，字裡面那層蘊藏豐厚的意義全未進入，終致一生無得。此正是孔子所說：「學而不思則罔，思而不學則殆。」用眼不用腦，學問精髓怎能有得？

春秋戰國以前，知識是封建貴族的特權，平民分享不到知識的福澤。自先師孔子「有教無類」之後，知識才由封建貴族普及到平民社會。隱遁於鋤犁工藝漁牧群中天賦獨特之士，皆蒙福庥，如同春草群花，春雨過後，蠢蠢然而萌芽滋長，成幹成材，而遍野蔥翠。處處繁花似錦了。

知識沒有特權，受教應該平等。教育開發每個人的智慧，讓人天賦那份潛能適時發掘呈現，文化才能光華壯大。中華文化之所以波瀾壯闊、浩淼無際，數千年來不為外族所消滅而復化入侵外族於無形者，文化的力量也。

就是全憑這股文化力量，潛移默化，人的氣質變了，社會風氣由澆薄而歸於仁厚。

但教育也能開發人類另一扇邪惡的窗子，各類各型邪門歪道，許多不上正道的人士全想得出，正反波瀾，把人心推遷到正與邪善與惡之間游移。開發了良善的一面，也敲醒了邪惡的一面。人性原本如此，社會原本魚龍雜混，原也怪罪不得。一年三百六十五日，那能日日陽光普照，和風煦人呢？這是人心社會的正常反應，也不能說是讀書人把人教壞了。

農人憑著一把鋤頭可以挖掘三餐飽飯吃，兒女不愁凍餓。工人憑著一手技藝，儘可吃遍東西南北；古人說得好：「積財萬貫，不如一藝在身」。技術本位，加上藝的獨特造詣，自然無虞凍餒。讀書人只有一張嘴一管筆，靠什麼吃飽三餐養活妻兒子女呢？不過，他的腦子墾發了，好點子壞主意全想得出；治國齊家平天下，他全能說得頭頭是道，理得井井有序，上溯千古，下拓未來，運籌帷幄，決勝千里，全在他掌握之中。政治領袖就需要這類人物替他作幫手。於是讀書人奔走於世宦道上，成為治國安民折衝罇俎響噹噹人物。

夏商已有封建制度，到周武王建立周朝八百年天下，封建制度才真正定型，武王和周公封建諸侯，立七十一國姬姓獨居五十三。當時小而百里之地，大而千里之域，皆為一國，所謂天下，不是現在歐亞美澳……之廣為天下。中國疆域之內，大小國林立，那就是天下。這麼多國家，每一個國家都需要人才治國安民，靖邊禦敵，奔走外交，發展農業，推行教育，保護森林江河禽魚鳥獸……

等，讀書人有出路，有噉飯的憑藉，於是奔走各國謀出身酬壯志，一旦受命任職，住有華屋、薪給優厚、地位崇高、高車駟馬，洋洋自得。誰能說「百無一用是書生」呢？

※　※　※

周武王建國歷十二主共三六四年號曰西周，平王因犬戎之亂東遷洛陽後是為東周。

周武王雄才大略，英武睿智，武王晏駕，成王登基，周召二公以天下國家安危為己任，忠心輔政，慮事周詳，公正無私，人民沐德蒙庥，享有富康的生活；如此遺澤厚愛，也只保得三六四年天下而已。到周平王時，周朝天子只是一個虛號元首而已，土地日縮，賦稅不足，人口不繁，權力日減，兵力不足自保，動輒得咎。當年開國君主周武王一聲咳嗽，就能令全天下地動天搖。時序倒錯，周家勢衰力蹙，但教育大權仍掌握在朝廷中，各封建諸侯也分掌了一些典籍與教育權柄，愚民黔首只是仰沐恩德而已。

先師孔子生於周靈王二十一年，周靈王是平王東遷後第十一個君主，這已是春秋末年，再過一〇三年便是戰國時代序幕揭開。等孔子成長以後，學成業立，德隆望重後，才教育天下英才，把貴族嚴密控管的施教與受教權推行普及於平民社會中，那時候，孔子年壽也可能在「三十而立」之後了。

孔子是讀書人的師祖，他為了發展抱負，企圖以道說諸侯，並謀一噉飯之所，乃周遊列國，說破嘴皮磨穿鞋跟，仍然是到處碰壁。孟子、荀子不得志於當道的命運全然相同。其他同時代的讀書人全在謀職吃飯途中熙熙攘攘，窮於奔波。但中華文化濡沐所在，廣大無際，收納無量，只要是人才，不管秦、趙、楚、魏，全部延攬任官，不問國籍，只問才學，如此人才交換，成就了中華文化學術互濟有無包容而臻於融合的大功效。

書本知識不再是封建權貴子弟所能獨享，中國人心目中的全天下不分富貴貧賤都享有這分受教育的權利。孔子被尊為至聖先師，歷二千餘年並被毛澤東千方百計羞辱他，打倒他，他依然巍然一尊，不能動其分毫。孔子的偉大與崇高，他在中華兒孫心目中不倒的地位，又有誰可以代替他、扳倒他呢？

於今，不但讀書人，即使是士農工商百工雜藝，只要特立獨行，成就卓異者，都能全球趴趴走，為世界所用，為人類奉獻智慧與才德。不僅互相交流知識，也互相交換人才，知識互惠，萬流歸宗，比之春秋戰國時的讀書人，或秦漢以後靠選舉考試才能謀一出身，獲得一分薪俸以免自家凍餓，機會之多，工作區域之廣，那真是千萬倍於往者了。

※　※　※

讀書要有老師。唐先賢韓愈說：「古之學者必有師，師者，傳道授業解惑也。」曾文正公說：「傳道，傳修己治人之道；授業，謂古文六藝之業；解惑，謂解此二者之惑。」道為先師傳授弟子的最高目標和宗旨，道如不傳，老師失職；弟子不曾承傳老師所傳之道，徒然認識幾個字，一旦出了校門，如遇問題，尤其遭遇人生困辱頓挫之時，胸中失卻主宰，等如徘徊十字路口，不知何所趨從，也不諳是非邪正善惡如何作個辨別了。

道是什麼？各家有各家的目標和宗旨，即使百工雜藝，他們也有各自之道。韓愈是儒家的正統，歷代讀書人不論在朝在野，人人自動自發以衛道傳道自居，所以儒家之道久而彌著，繩繩相繼不絕。孔子的中心思想是仁，推行的方法是忠恕。孟子道仁義，荀子講禮義，自周公孔子而至明清到如今，儒家所講之道就是人道，最終的目的即天下太平世界大同之道。

宋先賢程明道解釋大學之道說：「大學者，大人之學也，明，明之也，明德者，人之所得乎天，而虛靈不昧，以具眾理而應萬事者也，但為氣稟所拘，人欲所蔽，有時而昏，然其本體之明，則有未嘗息者，當因其所發而遂明之，以復其初也。」讀書為學就是先就內明明德，再擴而大之治國平天下。

大學二字依我的淺見應有兩層意義，第一是指最高目標與場所。其次可以歸結於讀書精微妙造之處，就是大學所指由內在的德性修養，再行之於外的齊家治國平天下。這就是儒家所指讀書人的最高理想與最後歸趨。

怎樣開始呢？即從心誠意正著手。

所謂平天下，不是剷平、敉平、削平，用武力把全天下山川河流、政治、文化與各行各業全翻過來。像美蘇兩個帝國主義，凡是與我利益衝突的，即出動大軍滅人領袖，毀人政府，侵人領土那種軍事侵略，那是武力平天下。

我們中華文化是以人文為根本，薰陶全天下的士農工商，人人明明德，由心誠意正的內在克己修治擴而至於齊家治國平天下，而到達天下太平世界大同之境。人人過著豐衣足食、富康愉悅的生活，不虞戰爭之險，不畏天災之臨，有無相濟，互助互愛，這就是儒家的平天下。

我們傳統社會一向講究尊師重道，老師的地位與父母相同。因為老師為我們開啟智慧，傳授知識，疏通智慧與靈明之性的淤塞，善誘我們明明德，培養我們肩重負危、仁民愛物、修齊治平的大道，讓數千年中華文化不失統緒，讓國家天下的黎民蒼生皆能蒙澤載福。

今日，老師的地位一落千丈，老師販賣知識，學生交費進貨，彼此師生之誼日薄，賣買之味日濃，師不嚴道也不尊。有些人品窳壞的老師，滿嘴髒話，也可站在講臺上大放厥詞。部分學生抽菸、喝酒、嗑毒，甚至尚未出校門就成了黑道的外圍組織，老師也不得不裝聾作啞，視而不見，免惹是非而遭殺身之禍。有些生性暴烈行為叛逆的學生，平日受了老師管教而隱忍不言，待到畢業，還未領到畢業證書，就不由恨火燃燒，雙拳熾熱，把老師痛揍一頓以洩胸中之恨。

師嚴而道尊，老師嚴不得，嚴就得挨揍，後患無窮，誰敢做嚴師？學生未來成不成材？由你自家做抉擇。道雖尊，今日貶值了。金錢權位才尊，你將奈何？

※　※　※

宋先賢黃山谷說：「三日不讀書，便覺言語無味，面目可憎。」書本中的知識，能夠化人氣質，育人風韻，書讀多了，智悟激盪，自然有種勁氣內斂光華外熠氣象。與人相接交談，言行得體，不溫不火，不疾不徐，得體中節，循規合儀。此即是面目可愛，言談有味之處。

像我這個粗人，畢竟因質地不佳，頑石琢不成美玉，玻璃充不得鑽石，縱然晝夜困守書城，成日尊孔孟為師法，與蘇東坡黃山谷共窗硯，化不開的魯鈍頑性，依然是個面目可憎、言語無味的粗人。

先賢顏之推說：「上智不教而成，下愚雖教無益，中庸之人，不教不知也。」這都是教人對兒女溺愛不得，必須自言教身教中導向正途，去其邪惡，再自書香中化其氣質，滌其陋習。知識的力量看不見，摸不著，一旦與文字為友，先哲往賢立身謀事養品勵德的大道理，就能化育人與無形，只問你有無去惡向善的精進心？

讀書也有一些境界，這境界因年壽大小、世事經歷、人生體悟而不同。清朝張心齋先生於《幽夢影》一書中說：「少年讀書，如隙中窺月；中年讀書，如庭中望月；老年讀書，如臺上玩月。」皆以閱歷深淺為所得之深淺耳。

多少人的讀書景況全皆如此，雖然自少至老成日盤桓於古今中外書海中，究竟所得幾何？必須等待年壽已高、遍歷困辱險阻寒餒，走過萬里路，看遍山光水色地方風習，參破人情厚薄，此時讀書，才能真正體悟出其中的綿長滋味和字面下的意境所在。

教育發達，文盲不再磨人。不繼續補充知識，與文化作朋友，同樣會心盲智盲。

白日人多事雜，為了飽暖，只得按時打卡上班，好爭得一分薪水奉養父母撫育兒女；到了晚上，如果不受電視所誘惑，儘可於夜晚讀書，此時，萬慮俱消，靈明澄澈，不受人干擾，書室就是自家橫行的天下，自然會別有所得，另有所悟。

明朝唐寅先賢有一首〈夜讀〉詩值得玩味。

夜來欹枕細思量，獨臥殘燈漏夜長；深慮鬢毛隨世白，不知腰帶幾時黃。人言死後還三跳，我要生前做一場。名不顯時心不朽，再挑燈火看文章。

先賢讀書企圖揚名顯親，腰繫玉帶，終究帶一些功利思想；與懷著一分悠閒心情去讀書是有些隔了。今日，我們不為獵取名利而讀書，富貴也非讀幾冊書就能摘取得到的。讀書養性怡情，尚友古人；白天忙於衣食，燈下披閱當可另外覓得不少意趣。

在新式教育未引進我國之前，鄉塾為教育子弟傳承經史的場所。同為鄉塾，原也有等級高下之分。高等塾師多為秀才舉人類人物，因為家中清貧，不甘讓滿腹經綸因死亡而白白葬送在泥土中，於是乃以栽培後進為職志，一則自得其樂，再則俸穀雖欠優渥，多少可以緩解家中清貧之苦。

另外一類塾師學養並不豐厚，只是教初入學子弟能夠記帳寫信即可，多以三、百、千為讀物。孩子如果上進心強，不甘蟄伏為池中物，往往另從名師再入學術巍巍堂廡。

我跟隨我老爸讀書時，老爸分別設有高初二個班級，高班授四書、左傳、詩經、東萊博議等。初級只教授淺顯一點讀物如昔時賢文、弟子規等。我介於二者之間，上不著天，下不沾地，父親望子成「龍」，也教四書、古文觀止、左傳、唐詩等。

塾堂像今日的養雞場，自早至晚，只聽見一片吵嚷之聲，因為每一間塾堂都要求高聲朗讀，孩子精力旺，嗓門高，大家拉高嗓門比聲音高低，男女合班，輕重高低不一，把滿塾堂吵嚷得比菜市場更多幾分嘈雜。虧我老爸為了養活兒女，日夜忍受學生這種嘈音宰割而不以為苦。今日想來，父恩在那裡？父恩就在這些當年體會不出今日才始悟得的地方。

讀書要怎樣讀？讀什麼書？如何有系統地接受知識？王雲五先生曾於四十一至五十一年間的演講稿收集在《岫廬論學》一書裡，由初識字到最高深的研究，都有深入淺出的說明，值得我們研究參考。歷代大賢開出的書目，也可供我們作選擇。王雲五與錢穆、牟宗三諸先生，均屬學貫中西的學人典範，在教育文化界可謂為豐功偉績，經詩人師，兩皆無愧。

方法是津梁、是舟車、是飛機。無津梁怎能渡河到彼岸？無車子怎能遍行歐亞大陸？無輪船怎能載運大批貨物飄洋過海互濟有無？無飛機，怎能此地起飛數小時就可抵達數千里外的異邦？方法幫助我們無往不利，讀書方法不可不曉。

我天生愚駿，愚為天生，人為的力量頗難破其愚執。但又笨不自甘，一生就愛讀書，最後才悟出笨人一生不曾讀通書，自識之無開始，至今半瓶子貨色到老耄，白白浪費一生光陰。人生沒有第二春，今生已矣，將來只有懷著遺憾離開這處任我白活了數十寒暑可愛可親的人世，自己常常想，真堪一嘆。

十、一條人生波折路

當嬰兒呱呱墜地第一刻的聲音就是「哇哇」一聲大哭。他哭什麼？他自渾沌不明的娘胎中降臨人世，早已預知人生道上十分艱難，此後數十年歲月，必須萬般堅持，熬受苦難，也可能間有樂趣，才能聊堪溫飽走到終點嗎？

如果不曾預知「人世苦」？為什麼第一聲就是哭？

人世間有多少生物？雖沒正確統計數字，可以想像應在千萬種以上。

如果創造宇宙真是神的雙手，我們應該感激冥冥中那些神。

我們不曾生而為雞鴨，也就免於燒烤煎炒，作韓國雞排、人蔘燉雞。臺灣薑母鴨、北平烤鴨，粉身碎骨讓饕客吃得津津有味，剔牙抹嘴。如果生而為牛羊，日日羊排牛排端上桌，牛肉麵成為台北市熱烈活動節目之一；甕燜羊肉，香噴噴，引得美食專家與食客專車與會捧場，吃得我們骨肉分離，然後屍骨無存。如果我們生而為白狐、貂或長毛兔，只待我們的新毛長至蓬茸茸時，就給我們活剝皮，供給那些富有而愛美的仕女充當禦寒大衣。假如，假如……天呀！真不堪想像。幸而我們生而為人，雖然中外歷史上許多野心政客掀起戰爭，掠奪天下，爭主宰權，把人們連哄帶騙送上殺戮戰場，為他們打頭陣，膏鋒鏑……。戰爭畢竟不像三餐那樣每日非食則不飽。也許五十百年才有一次血流成河積屍成山的悲慘局面。算一算，做人還是很幸運。

佛家常常告訴我們「人身難得」。這句話的意思是說世間幾千萬種生物中只有我們才是人。我們必須珍惜生命，愛護身體，積極為善，不要作惡。

人生道上確實有數不完的苦痛，經歷不盡的險阻和逆心事，我們不敢奢望當偉人作聖人，必先「勞其筋骨，餓其體膚，苦其心志，困乏其身……」然後肩危負重。老天生下我們，並沒有賦予我們什麼重大責任，我們只要嚴肅地正視人生就好。再說，人世間所有生物都會遭遇一些想像不到的挫折與險阻，不僅僅是我們人類而已。我們面對它，克服它，或許會經這類事例中學會經驗教訓，等下一次遇到相彷彿的問題時，就可援例為之排解，而能化險為夷，逢凶化吉。當日的種種頓挫反而成就了我們。

感謝父母用恩愛把我們撫育成人，節衣縮食，勤儉度日，以兒女的歡樂為歡樂，以兒女的幸福為幸福。作了父母，他們全忘了自己，日日夜夜，點點滴滴，困心衡慮為營築兒女的未來幸福而髮白齒搖，容顏衰老，至死無怨無悔。

中華文化一向以孝道治國，我們結婚生子有了自己的家，我們也像父母一樣地愛我們的兒女，我們有無以愛子女十分之一二的心意去孝敬壽耄體衰的父母？回饋父母慈愛恩德於萬一？人無孝心，未必能與禽獸等列其觀。

人生路迢迢，迢遞遠路險夷各半，我們不能畏怯，也難迴避，凡事只有以快樂的心境面對它，拿出智慧收拾它。人生人生就是人與事的糾結，錯綜複雜，仍然有端緒可尋。我們只要修治好人際關係，處理好每一樁大小事務，人世間就是處處光明與快樂。我常常戒勉自己，不為小忿小爭與人積怨，造成自己經日鬱悶不樂；而使人與人之間的那堵牆愈築愈高，愈建愈厚。健康的生活就是讓心境像青天白日般無雲無翳，海洋般寬廣無垠，每日快樂地迎接太陽昇起。

生命苦短，幾十個寒暑過去，眨眼間便要翻去這生命的一頁，爭這攘那，你究竟收穫多少？事事錙銖必較，到最後我們是賺還是賠？這筆帳自己要好好核算一番。

※ ※ ※

國父講演三民主義時，民生主義只講到食衣住行四項，育樂兩項則未曾申述。先總統蔣公乃作〈育樂兩篇補述〉，以增益民生主義之不足。

食衣住行當然是人民生活的四大需要，如果缺乏養育，幼兒則不能健康成人；缺少教育，則不能啟其智慧，破其蒙昧，化其愚頑而成其才德。至於樂，大而言之娛樂原已包含在禮樂之內，通俗所謂娛樂，包括歌舞、戲劇、彈唱、雜耍、琴、棋等等，皆富調節性情節致哀慼之效而帶來宣洩情緒，愉悅心情之功。說到禮樂，《樂經》說：

「樂由中出，禮自外作；樂由中出，故靜；禮自外作，故文。大樂與天地同和，大禮與天地同節；和，故百物不失，節，故祀天祭地以表達報效天覆地載之情。樂為天地之和，和則百物皆化；禮為天地之序，序則群物皆別。」

樂不是止於樂器之獨奏或合奏，那是樂的末節。禮也不是止乎人與人之間的送往迎來、揖讓進退、弔祭慶賞、歡宴送迎等，那也是禮的末節。樂的目的在個人化暴戾為祥和，變粗俗為文雅，推而廣之，則暴民不作、四鄰賓服、兵革不試、五刑不用，百姓無患，當政者不怒。

禮則合父子之親，明長幼之序，以敬四海之內。所以說禮樂一貫的功效皆在讓社會文明，人與人之間和諧相愛，以求得安和樂利動靜皆洽的人生樂趣。

生活是副千斤重擔，為了活下去，不知讓多少人窮年累月耕稼紡績，或奔波萬里，冒舟車風濤之險，不辭寒暑風霜之苦，謀取籛籛之利，換致升斗之糧，以養活自己和兒女。民生六項需要原為千斤重擔一副，不挑不行，挑不動也得咬緊牙根撐。

人不勤勞，禾黍菽麥不自生長，必須犁耕不廢時，晨昏不怠惰，才能有收穫。生活不節儉，不懂量入為出，即使祖宗餘蔭留下房屋田產，田連阡陌，財豐庫庫，終有耗竭之日。多少貧苦人家富了達了，因為他們節用勤儉，所謂大富由命，小富由儉。儉雖致富艱難，積少成多，成算後支，終可破貧窮而達富裕。多少富商達宦兒孫，含著金湯匙出生，最後淪為赤貧而肇致三餐不給，衣服不週，因為他不治生產，只知奢侈享受，終如細流之掏屋基，時日一久，百年不毀的華屋人舍也經不起日夜淘洗而終遭圮毀成為廢墟。

一個人處世立身絕對應該嚴謹，謹於言語，言多必失；謹於行止，行為放蕩，人所不齒。社會百業花樣翻新，誘惑鼓煽之術，層出不窮。若是自家把持不住，自然會步步失足，墮其圈套，而任令其予取予求而難以脫身。實則立身處世無別巧，凡是與禮法社會秩序人心善惡之別不相容的事物，則敬鬼神而遠之，自可避免開門揖盜，引鬼上身而導致毀了自己一生。

活著要不斷學習，中外古今聖哲賢豪的經驗智慧，識見與參悟，全匯聚在書本裡。從書本中吸取知識雖然步履較慢，畢竟全是作者一生的寶庫，並在字裡行間為我們諄諄教誨，循循善誘，不收學費，不辭勞苦，留下矩範，供我借鏡，總冀望我們德業日進，學識日豐，胸懷日達，見識日遠。辨難決疑，而能一眼洞察幾微，不為人塵日非的迷霧所蒙蔽。聖哲賢豪豈有負我之心哉？

人要活就要動，動了才能活，所以叫做活動。

要有健康的身體就必須活動，身強體壯，才能擔當艱鉅，不畏勞苦，開創事業。若是身體荏弱，怕風怕雨，前面畏虎，後面怕狼，怎有膽量一往無前創立事業？

記得我師範同班又同齡的王天佑好友，家庭富有，單是茶油收成年達二千斤以上，佃租收入除外。他是獨子，可說是養尊處優，三餐葷腥不缺，穿著時髦，復又儀表俊秀，有玉樹臨風之美。女同學為之風靡，願與傾心相交者不知凡幾。因為家中多金，自然毋須勞動。反觀我家，雖然耕讀傳家，實則耕稼為主而讀書只是裝點門面而已。因之我自小即跟隨二位哥哥之後充當小勞工，可說是不問寒暑，無「役」不與。天佑弱不禁風，我則骨瘦如柴；天佑周圍簇擁著漂亮美女，我則是女同學怕我「寒」氣逼人，壞了她的容光風水。中共建國，他忍受不了家屋被強佔田產被瓜分復又精神生活百般凌遲之苦，只三十五歲即含恨而終。我跑遍江西、福建、廣東三省的山地平原，日食二餐，暑天是蚊子的砧上肉，冬天是寒冬的凍蘿蔔，疾病不侵，閻王爺氣得捶胸頓足，無可奈何，我至今活過八十寒暑依舊精力充沛，頭腦清醒，百歲老人座的位置正虛席以待。為什麼？因為我家為溫飽必須動才能有收成，天佑家有佃農為他效勞他有能力安享閒福。差別就在這一點點而已。

讀書所以增益知識，蓄積智慧。運動所以健全體魄，奠定事業根基。內裡豐富而又外在猛強，無病無痛，心境快樂，益之以豁達的胸襟，與人為善的處世態度，那不就是日日陽光普照，時時春花燦爛嗎？此種人生，豈不樂哉？

做人做到如此境地，苦多樂也多，那不正是美滿人生嗎？

※　※　※

生是偶然，死是必然。

凡是生物必有生死，生為死之始，死為生之終。

生死是生命的自然律則，生死交替，生生不息。新的生命雖非死的生命，但他接續了死去的生命，在這世間仍然展開繁華燦爛的一生。

自個體看，死了就已寂滅；自整體看，新的生命接替消逝的生命，依然長生。

生死原為人生一樁最難參透的大事，求長生，避死亡，多少人陷於此一魔咒中不得超脫。死亡本是生命的終止，貪生怕死人之常情。自古至今，生命全是循此律序作交替，誰能長生不死呢？

死了死了，一死百了。依常情常理看，人死之後，形銷影滅，父子不相見，母女告乖離，恩愛夫妻陰陽路上踽踽行。真個是椎心泣血，卻又無可奈何。人人都得往這條路上走，生死訣別之痛永遠在生者心口劃一刀。

佛家最開達，無論小沙彌以至於道高品醇的高僧，他們最重要的修持就是生死關，把它放開放下，不歡迎它，也不逃避它，只是自高深的佛理中先求一個安頓，找條精神出路，好好為眾生奉獻一切，不虛「人身難得」的人世間一行。所以，佛家有生滅而無恐懼，自然灑脫，安詳快樂過一生。

星雲大師曾說：「生也好，死也好，生死都好。」既然生死都好，死亡自然沒有可怕的道理。許多世俗男女，常求各寺廟大師開悟，星雲大師這三句話就是生死關的開悟。一個人如此了卻生死，還求什麼爭什麼計較什麼恐懼什麼？

生命頂多數十寒暑，有人儘這數十年歲月，立功立德立言立業，他們的德業永遠鐫在人民心田裡，有形生命雖然寂滅，人格光輝與遺愛數百代難忘。就生命意義來說，這就是永生。有人渾渾噩噩，一生吃喝玩樂醇酒美人，不解人生諦義，也不希圖自家生命發一點光和熱，照亮別人，溫暖別人；只知自私地享樂和掠奪，這類人即使長壽，實則早已死亡。

我們不是聖哲賢豪，也非民族偉人。我們做個平凡人也該懂得這短暫的一生原是難得的幸運，不能立功立德立言，至少也該把自己的衣食住行打理得妥妥貼貼，不要為社會製造紛擾，不為法院製造案卷，造成檢法兩方忙得愁眉蹙顏。

老子重視養生，他說：「出生入死。生之徒，十有三；死之徒，十有三。人之生，動之死地，亦十有三。夫何故？以其生生之厚。蓋聞善攝生者，陸行不遇兕虎，入軍不被甲兵。兕無所投其角，虎無所措其爪，兵無所容其刃。夫何故？以其無死地。」

老子告訴我們以攝生固根本，本厚體強，即使遭遇意外或死亡威脅，往往也可以化險為夷而安然無恙。

他又說：「民不畏死，奈何以死懼之。」這雖是指人民在暴政之下活著，求生不得，求死不能，對生命原不足惜，對死亡自然無恐懼。換一個角度看，我們不把死亡當作負擔，死亡又有何恐懼之理？此正是星雲法師的開悟：「生也好，死也好，生死都好。」

年輕時代我不懂死亡，卻最怕死亡。親人走了，我會有很長一段時間哀慼不樂。待我年逾七旬，自己的親二哥中風三天後即告壽終正寢時，我自責自咎了好幾年，遺憾不曾好好照顧他的老年，心結糾葛晨昏劇痛。待我漸漸參悟死亡義理後，想到許多慢性疾患的親友，臥床呻吟，一二十年不得解脫；僱請外籍看護照顧，月月是筆大支出；活又活不好，死又死不了，如此沒品質的人生多糟糕。我這才領悟居住大陸老家的二哥，孝道早被文化大革命摧毀殆盡，若是幸而不死，醫藥不給，生活無資源，三餐無人供養，那種景況將是何等不堪。因而我為二哥慶幸只熬受三日病苦即灑脫離開人世，還真算是幸福的結局。

自己對死亡無懼之後，我告知兒女我死後樹葬。落葉歸根是失去時代意義的陳腐舊觀念。我樹葬才是真心落實歸根的本義。不留與泥土相同的一罈骨灰，留骨灰反被那群搞殯葬業賺錢人士削一層皮。留下骨灰，兒孫年年清明節必須隨俗掃墓。骨灰置放靈骨塔，四週不生蓁莽，當然用不著清掃。但也得應俗燒一堆毫無購買力的紙錢哄老爸騙自己。喪事辦完，全家找一家好餐館，點一桌上得檯面的菜餚，快快樂樂吃一餐，慶祝老爸終於走完這一生。

送院時，不准插管和做任何不必要的急救，我活夠了，讓我無牽無掛好上路。

我這一生雖無益於國家社會，也未禍害國家社會，平凡人平凡一生，來得匆忙，活得安詳，雖然寒素，一身傲骨，多少有點錚錚之氣，死亡也要心甘而灑脫。

因為心理上早已鄙夷死亡，死亡對我來說，小事一樁而已。

※　※　※

我國以孝治國，自三代以至當前，雖然文化體系早為政治暴君和外來文化破壞得七零八落，民間的孝道根基依然根深柢固，培護得無所移易。

佛家開達，相信輪迴，他們把身體鄙之為「臭皮囊」，生命脫了這具臭皮囊，重新轉世，另換一具新皮囊轟轟烈烈活一生。

這種超達的生命觀念，對生命作了更超然的詮釋，倒真令我們對死亡無所畏懼，對身體的所有權也不必那樣執著非我莫屬了。

人死之後，遺骸不作處理，便會腐臭，汙染環境，影響人畜健康。因之，埋葬那是人生最重要的一件事，我們謂之為「飾終大典」。

儒家站在人本立場重視孝道，更重視喪葬儀節，目的即在敦教化而尊風習。

《禮記》中的檀弓、喪大記、祭法、祭統、以及奔喪、問喪、喪服四制諸篇，自天子至於庶人，始死到小殮、大殮、殯葬，皆有詳細步驟與方法，雖說繁文縟節，這卻是我國自三代以下對死生之事以及祭天郊地一大範例。

這些繁複不盡的禮儀，全為彰顯人之懷慕父母，感戴天地載覆之仁不忘本源的孝道觀念。就這一套喪葬儀節中，看出儒家文化生豐其養，死厚其葬的仁愛文化特色。

厚葬耗財，在現實生活中有無深遠意義？看法因人不同。我以為那就是把人的言行規矩、立身勵品、循禮守法，待人行事的人生態度，自孝道思想中去完成。進而教育兒孫繼承統緒，毋忘先人風範，毋墮祖先家聲，繩繩相繼，責任重大。

儒家這一套孝道文化，對官宦富商縉紳之家，正所以彰顯其身世顯赫的一項表現，奢不為侈，踰不為過，即使逾制僭禮，人也津津樂道。至於貧寒之家，平日衣食尚且不給，那能籌辦得這些重重儀節，生前薄養，已然難免，死後卻竭盡家產以供厚葬；反而成了儒家孝道文化的反諷。

一九四九年夏天，我們部隊進駐信豐縣一民家，這戶民家的房子高棟巨室，軒敞富麗，說明祖先曾經富達過，如今已然沒落。廳堂中停放兩具靈柩，靈柩前的靈屋，糊紙千孔百瘡，香爐中只剩幾根殘燭剩香竹柄。顯然時日已久，待窆而未歸於窀穸。我問男主人靈柩中藏的何人？

他回說：「我祖父母。」

「過世多久了？」

「十多年啦！」

我驚訝問：「為什不埋葬？」

中年男人兩手一攤，無可奈何說：「沒有錢。」

「入土為安，安葬就好，為什麼要許多錢？」

男主人苦澀一笑說：「你不懂。根據我們這裡的習俗，我祖父母的喪禮如不辦得隆重，親朋戚友會把我罵死，也會笑死。不孝孫子，以後如何出門見人做人呀？」

「這十多年來你們都沒錢把喪事辦完嗎？」

「現在差不多了，只等我弟弟自南昌回來，我們就可把祖父母送上山讓兩位老人好好安息。」

這就是厚葬留下的弊病。

回教國家對喪葬也有一定的儀制，自始死到入壙，只數日時間，簡略而隆重，我家外勞請假回家料理母親喪事，回台後，我問他：「全辦妥了嗎？」

「辦好了，我回家第二日就把我母親『種』下去了。」

我以為回教土葬是直立式，回想凌峰拍《大陸尋奇》節目時，我看過回教棺木入土也是平放式。原來是外勞不知如何用詞，把埋葬當作種地瓜植蔬菜把媽媽「種」進土。

種樹種瓜會發芽結果，死者先已開花結果，葬後便不再發芽了。這件事，也可逗人一笑。

墨家顧慮厚葬耗財，中下層階級負擔不起，生人衣食尚須窮張羅，死人厚葬耗家用也蠹府庫，所以墨家主張薄葬。

原來古時對於違法亂紀輩有五刑伺候，這五刑即墨、劓、刵、宮、大辟。墨字的本義就是刺面塗色以為奴隸標幟的別名。墨家就是受墨刑的工人階級對於禮教喪葬的觀點，而成其為墨家學派。

自三代以降至於兩漢，只有貴族階級才有受教育的機會，這些貴族掌握了政府各級權位，有權有勢有位有錢復有藏書，他們的子弟當然可以受到好的教育，上與古人相接，中與貴族同輩相契，一則為自己開創事業新局，再則延續貴族家庭命脈。

自春秋戰國孔子與孟荀諸賢，雖把知識的鑰匙由貴族手中傳輸到社會各階層，但大源流仍然掌握在政府官吏的貴族手中。低層階級一旦受刑，除大辟外，多作成刑記後劃歸為工人階級，學習技藝，成為社會中具有工業技能的人才。他們的生活自始至受刑當然不可能「鐘鳴鼎食」，珍饈滿桌。平日早為衣食所迫而棲棲遑遑不暇終朝，一個人死後還要形式主義來一套不勝其煩的儀節，厚棺重槨，深穴堅壁，那不是耗光家產虛空府庫的一樁傻事？他們主張薄葬，自然是言之成理，也極合乎低階層社會的心理和需要。

時代在變，今日對喪葬儀節也漸趨簡約。事實上只要盡情盡禮了，實可不必拘泥那套層層規矩。生人要活，死者要安，兩行其便最為妥貼。

中外古今，埋葬人的方法有土葬、水葬、崖葬、天葬、火葬等等，因地域及所受教化和風俗習慣不同，埋葬方式也各異。

我們中國自三代而至明清，天子后妃死後那種誇張豪侈的墓葬方式，實在是種無謂的耗竭民財虛空府庫的浪費行為。

這裡面或許包括兩層意義，一為孝思不匱，延及死者。二為情有不忍，愛有不捨，才為死者設置地下宮殿，讓他們在另一個空間，也能生活富足，愜意快樂。不過自夏商而至周秦，殉葬之舉，實為不仁道的惡習，讓許多冤魂浮游於墓室中苦苦哀號而不得一吐冤氣。與生前殺人又有何異？

宮廷式的墓葬既然耗財費時費工費料，惟一的附加利益是為我們後人留下了許多古代器物，讓我們自這些出土的器物中，供我們研究古代生活方式和文化形態。也豐富了各地館藏品，有百弊而只一利，這可能是帝王富宦耗盡大量財物築成陵寢惟一的一項收穫。

水葬、火葬、天葬，可以詮釋為生命來自虛無而歸於虛無的世俗解釋，也是生命飾終大典的好方式。

一個人自生至死歷盡多少波折，茹苦含辛，忍飢受寒，到終了嚥下最後一口氣，妻兒子孫，房屋田產，存款鑽飾……全不要了，他只安靜地閉上眼睛酣然入夢，那具臭皮囊任人如何處理，全不聞問。死了死了，一死百了，一場轟轟烈烈有苦有樂有眼淚也有歡笑的人生劇，到此落幕。

好歹不管，反正作了「萬物之靈」的一個人，也堪告慰而瞑目九泉。

十一、婚姻真是個大問題

男大當婚，女大當嫁。壯男不婚，謂之曠男；熟女不嫁，謂之怨女。道理何在？試設想一下，一個精壯男人，上床一張棉被，下床一雙鞋子，沒有妻子慰解寂寞，沒有兒女嘻笑膝前；謀猷不得展，計畫不得行，滿屋空曠，苦樂無人與共，想找一個吐心事的人都不可得，此非曠男是什麼？

至於怨女呢？理由更多，略作注釋：即是漂漂亮亮一位女孩，亭亭玉立，花容月貌，巧笑倩兮，言動生嬌，如此天生尤物，任她冷落在家養雞飼鴨，餵豬餵牛，沒有年輕男性獻慇懃、討歡心，沒有心上的愛侶慰他寂寞，自晨至昏與父母的廚灶為伴，手繭厚了，姿容枯了，寂寞芳心何處寄託？滿腔鬱塞何處傾訴？孤零零一個人活到老死為止，此非怨女是什麼？

結婚呢？結婚的大道理老祖宗說得圓滿周延——孤陰則不生，獨陽則不長。沒有比這個更能找到人人鼓掌的說辭啦！

把男女婚姻比之天地合德，陰陽合曆，可見婚姻對人類生存與蕃息的重要性。

男女婚姻，又不是交易賣買，一手付錢，一手交貨，立刻成交。婚姻原為百年大事，攸關雙方禍福，一旦締結不慎，雙方怨懟一生，幸福全毀，豈能兒戲？

負責的父母，絕對不願輕易把個姿色出眾性情溫柔的女兒交給一個輕薄男人。有品有守的青年，也不會輕易迎接一個潑辣強悍的女人當女皇陛下侍候。

女家選婿，一要家世好，祖宗八代正正當當、規規矩矩、根深幹粗、條暢葉濃、流品絕對純正。二要男孩人品好，五官端正、風流蘊藉、瀟灑自得。三要如果是讀書人，必須才華出眾，文經史緯，出口成章，志氣宏遠，不拘囿在鄉里作個屑屑之小的塾師。若是務農為工，也得身家清白，誠實厚道，耕稼像牛，出工如馬，吃苦耐勞，不嘆一口長氣。早出晚歸，按時回巢，日夜打拼，能為妻兒子女拚出一番事業，暖衣飽食，一生不愁凍餓。

男方揀媳，也不是馬虎將就，也有一些條件，比如家世好、人品好、秀外慧中、姿色出眾，生性平和，孝順友愛。如果是詩禮人家的閨秀，還得要知書識禮，行止合儀合節，絕不可像村姑鄉女那般畏首畏尾，逡巡不安。反正是婦德、婦言、婦容、婦工一樣也缺不得。若是農工之家選婦，那條件更妙啦！不見面猶可，如果女方閨女出見，男方像相馬選豬母一樣，必須骨骼奇大，骨盤奇寬，身強體壯，雖不在乎孔武有力能作萬人敵，至少將來懷孕要像母豬生小豬，一窩窩每胎順產。不會下不出一只蛋斷了祖宗香煙。此之謂宜男之相。你說男婚女嫁是多麼慎重的一件事，豈能像墟場買豬牛，付好價錢，牽著就走啦？

男方慎重，女方小心，千挑萬選，才能成雙配對，鴛鴦合枕，成就一生好姻緣，婚姻之事大矣哉。

男女婚媾，順理成章，出自天性，毋須天為之媒，地為之證。這條婚姻之路，先民都是如此走過來的。

※ ※ ※

唐司馬貞作史記索引，他補敘三皇本紀說是伏羲氏制婚姻。伏羲又曰庖羲，他教民殺牲熟食，故曰庖羲。伏羲為我國三皇之一，究竟在何時？沒有文字載述，只是傳說而已，可能是司馬貞先賢臆測之說。

原始社會，先民真率樸厚。男女壯大，毋須秉承父母之命，媒妁之言。當身體中那泓滾滾熱流奔騰彭湃時，一旦男女相接，立刻迸出一番愛的火花。於是雙方攜手進出，日夜偎依，從而有了自己粗簡的家。

感謝老祖宗不曾阻遏這泓熱泉，才讓我們中華兒孫遍布全球，自老祖宗這條舊路走出十幾億中華兒女來。

老祖宗真行，洞燭機先，結果是子孫繁衍，比蝗蟲成災還多。

何謂婚姻？嫁娶也。又說，壻曰昏，妻曰姻。壻之父曰姻，婦之父曰婚。又解為婦之父母，壻之父母相謂為婚姻。這些解釋，在我這個粗人眼裡覺得有些牽強。倒是說文解得比較合情理「婚，婦家也，禮，娶婦以昏時，故曰婚。姻，壻家也，女之所因，故曰姻。」男方吹吹打打到女方迎親，路途不論遠近，中間不免有些耽擱，到達女家，已是黃昏時分，所以婚姻也就是昏姻。

把新娘迎進門是喜事，應該講點排場，一班樂隊，一批儀仗。富厚闊閾之家多財多勢，迎娶隊伍少說也有十幾二十個人上道。即使是農漁之家，一乘花轎，幾個沿路放鞭爆處理臨時事故的雜役，也有十個八個。上午出門，吹吹打打上道，到了婦家，自然理直氣壯喝酒吃肉，待酒醉飯飽之後，閨女也不得不哭哭啼啼辭別父母上花轎。結婚是喜事，女孩內心自然喜躍不禁，今後生命展開另一章；但表面上不得不千般不捨萬般無奈磕別父母上花轎，要是不哭，同齡姊妹日後也要把人謔笑死。喜事與沿路人家共歡，沿路年輕男女湊熱鬧，攔下花轎看新娘，評頭論足，指指點點，走走停停，直到黃昏時分才把新娘迎進門。趕緊拜謁祖先備案，完成合婚大禮。

「男女相拜，送入洞房。」新郎新娘二十年苦苦成長，就等這一刻良辰吉時去完成終身大事，展開未來人生新局面，豈不樂煞。

《禮記・昏義篇》說：「婚禮者，將合二姓之好，上以事宗廟，而下以繼後世也。故君子重之。是以婚禮納采、問名、納吉、納徵、請期，皆主人筵几於廟，而拜迎於門外，入揖讓而升，聽命於廟，重正婚禮也。」

這說明娶個老婆回家，是為生兒育女，傳宗接代，讓祖先血胤代代不絕，傳之無窮。意義重大，豈是單為男女結婚成家好合之樂也哉？

婚姻制度在先民來說可能不怎樣完備，到周公制禮作樂，將各地婚俗習慣再參之以天性人情綜合撰成婚姻儀式，才完成二性締婚，萬世綿接的婚制；到了西漢，各大儒再把婚禮損益一番，才完成今日我國東西南北咸遵咸式的婚姻儀節。

古人結婚，手續繁複，真的是相當磨人。

先要納采。納采的意思是男方備分禮往女家求婚之意。男女不相識，先結婚後戀愛，也許是仙女配個憨大呆，傻男找個母夜叉，也難預料。是以男女雙方都會多方打聽，探個虛實，然後才敢一方納采，一方點頭應諾。

次則問名。女方應允了男方求婚美意，男方央媒人問女孩姓名及出生年月日時辰，好請算命先生排個八字合不合？這裡面往往鬧出許多僵局，如果算命先生心懷不軌，本來是一樁美滿良緣的婚姻，算命先生信口雌黃存心破壞，往往好事告吹。幸好男女不曾相識，既然無緣，今後仍可各覓佳偶。若是今日男女早已情熟愛深，如此中途殺出一個程咬金，不能好事成雙而締百年之好，陰陽路上不是無端多了兩個冤魂。

三為納吉。古人以占卜定吉凶順逆，蓍龜卜吉了，於是通知女方締結婚姻。不止是女方提條件，男方也少不得這一條。

四為納徵。納徵就是送聘禮。聘禮也者，賣買成交下定金也。定金下了，等於交易定案，雙方從此不得反悔。

五為請期。男方告知女方迎娶時日，女方同意，然後按時迎娶，設筵宴客，正式掛牌開張營業。那間店面爾後是否生意興隆？利潤滾滾而來？就靠男女雙方苦心經營了。

古人這一套繁複手續，居然行之於官民市廛鄉里千百年，人人奉行，代代遵守而不變，中國文化化人之深，真是妙不可言，難窺其奧妙。

這一系列婚媾儀禮，討個老婆真不容易。父母愛兒女處處看得見，體會得出，父母省吃儉用，百般張羅，才能為兒女締造一個幸福家庭。古人重孝道，頗能體會父母這番苦心，也懂父母壽耄年衰時以孝為回饋。今日，物質欲望與享樂主義把年輕男女的心腦搞昏惑了，只有自己，沒有別人，為金錢私欲甚至弒父殘母的惡例也間有所聞，又有幾人感謝父母這分無微不至的愛呢?!

愛情至上的今日，兒女自家做主，如此也好，見出年輕人獨立思考的能力。婚姻方式也漸趨改變。有的先戀愛後結婚；有的先行交易，擇吉開張；有的交易而不開張。大陸老家，男多女少，看中誰家閨女，父母立刻頻繁往訪建立情感，然後談妥婚事。男女雙方都在外地打工，牛郎織女，鵲橋不通，訂婚之後，立刻同居，雙宿雙飛，互相照顧，待積蓄到足夠的宴客費用之後，再補宴親友，確定夫妻關係。此時可能已有一兩個稚齡兒女奔走膝下，分享父母的婚宴喜酒。如此簡單直接，省卻許多麻煩，這可以叫做工商業社會「高鐵化式」婚姻。

※　※　※

一夫一妻制，最合乎人情人性。

官宦富豪，勢位崇隆，貴且多金，娶妻是樁容易事，看中誰家閨女標緻，央媒說合，多送聘禮，婚事立刻諧合大吉。窮家子弟愁衣愁食，三餐尚且不給，那來聘金娶妻納婦?待衣食無憂後，女家也會嫌貧忌瘦，挑三揀四，想結秦晉之好，也只能隔牆窺桃綻李放，蝴蝶蜜蜂飛不過橋去?在無可如何之下，只有搶婚了。

搶婚有幾重意義，一是習俗搶婚，男女早已情濃意密，下聘完婚，家無餘財，到了婚期，邀集幾位孔武有力的好友去女家強勢背著新婦就走，完成婚姻大事，男女雙方都省卻一筆款宴親友的支出。女方雖然吆喝追趕，實則是虛應故事，習俗如此，場面文章。另一項原因是真的窮得無法娶妻，只有強行搶個女人回家，待生米煮成熟飯，女方懊悔不得，只有嫁雞隨雞，嫁狗隨狗，認命之下將就日子過了。

回教國家採行一夫多妻制。其意義是由強悍的男人照顧柔弱的女人，次則是男女團結合作討生活求生存。古今中外一夫一妻制只是文字上的粉飾太平而已，那可能限制富而多金好色嗜欲的男性「韓信將兵，多多益善」呢？

爭奪皇帝那個權力無上的大位，我國五千多年來不知讓多少無辜百姓成了祭牲。所謂救民水火，弔民罰罪，全是宣傳口號。爭得了那個位置後，立刻是「四海之內莫非王土，率土之濱莫非王臣」，吃香喝辣，快意之至。穿得漂亮，住得豪華，山珍海味，千里供應，一呼百諾，把他捧上雲天想跌也跌不下來。另外一項附加利益便是《禮記》中所說：「王者立后，三夫人、九嬪、二十七世婦、八十一女御……」這裡面包括皇后就是一二八人之多。周公制禮，應該在周朝就有這成文不成文的規定。以上所舉后、夫人、嬪……雖為宮中內職，各有所司，實則等於天子的大小妻妾，只要老子高興，看中意就可隨時召「幸」。當皇帝有這許多好處，怪不得我國五千餘年史乘中有多少人寧願打破頭送掉命也要爭奪這個位置。

男主外，女主內，皇帝家裡家務事繁雜，皇帝老子的老子又不可能一口氣生幾百幾千兒女管家務。於是，只好挑選民間秀女，設立女官，以任內職。皇后當然是嫡妻，主持家務當頭頭，妃嬪自然是家人，這一群家人既名之為妃、嬪，這不是皇帝老子的大小老婆是什麼？有幸的與皇帝老子一夜風流，立刻飛上枝頭作鳳凰，寵愛有加。不懂撒嬌獻媚討皇帝歡心，露水一夜立刻秋扇見捐。有的望「幸」而不得「幸」的奇蕾嫩葩，只有一生空閨，寂寞老死。

秦始皇統一天下，多自驕大，宮備七國（秦滅六國，於秦並稱七國，所謂七國美人，全數收入咸陽宮內），七國宮人沒有確實數目，以始皇一天下而宇海內的自得自恣心態，當然不在少數。這些宮人全是始皇的妻妾，所以才有三十六年不得一兒的浩歎。

先賢杜牧在《阿房宮賦》中說：「……妃嬪媵嬙，王子皇孫，辭樓下殿，輦來於秦。朝歌夜絃，為秦宮人。明星熒熒，開妝鏡也。綠雲擾擾，梳曉鬟也。渭流漲膩，棄脂水也。煙斜霧橫，焚椒蘭也。雷霆乍驚，宮車過也；轆轆遠聽，杳不知其所之也。一肌一容，盡態極妍，縵立遠視，而望幸焉；有不得見者三十六年……。」

目所視，皆為七國美姬豔女翹楚。耳所聞，鶯啼燕語，嬌聲嚦嚦，令人肌麻骨酥，心意難禁。秦始皇一個人就偏享如此多且嬌的豔福，不打天下奪天下怎有此等豐收？

唐太宗令大臣修《隋書》，名相魏徵於〈后妃傳〉中序言說：「夫陰陽肇分，乾坤定位，君臣后妃之制，夏殷以前略矣；周公定禮，內職斯備列焉……由近而遠，自家刑國，配天作合，不亦大乎？興亡是繫，不亦重乎？之道斯著，夫婦之義存焉；陰陽和，則載成萬物；家道正，則化行天下……。」

隋文帝乘北周主幼母寡危弱之勢，以外戚辣手奪得北周天下，不傳太子卻傳給不肖的兒子楊廣，楊廣一生淫亂荒謬，在隋書中只皇后一人而已。隋煬帝如此安分守己，清心寡慾嗎？那錯了，高及雲天層樓畫閣樓船下江南那些妙齡女子，哪一個不是在隨時待命召「幸」的？隋家天下，給煬帝玩掉了，國祚短得只有三十六年，比秦始皇一人在位三十七年還短一年。

《禮記》幫皇帝老子編制出這麼多老婆，歷代皇帝當然依法行政，按編制辦事，那會自甘寂寞，房闈淒冷？不消細說，猜也猜得出來。

皇帝家如此妻妾多嬌。藩王府自然是「姊姊做鞋，妹妹照樣」，有樣學樣，有例沿例啦！民間呢？世宦富達之家勢位隆重，刮地皮，放高利，魚肉鄉里，獨佔高利潤行業，把錢財全餵進肚皮，未免不夠風流倜儻。於是，三妻四妾，丫環侍女，香辣不忌，腥臭全收。不要說是夜夜風流，單是那嚦嚦嬌聲，日夜於眼面前艷舞霓裳飄過，那也是一種無邊享受。這三妻四妾雖未在《禮記》中早為之編制成典，自己沿例實踐，亦不為過呀！

這筆風流爛帳，一直演算到民國初年，軍閥割據，無賴稱帥，槍桿子就是實力，兵馬即是權威，正如唐末五代，誰有兵馬作後盾，皇帝老子那把龍椅隨時可以拉來自家坐。軍閥多半粗魯無文，以民脂民膏養兵自肥，我帝我王，隨老子高興，只要看中誰家女兒美妙多姿，強下聘禮，你從也罷，不從也罷，反正老子要定你家女兒，十幾管槍桿，一頂花轎抬去自家府第風流。於是，一、二、三、四……姨太太可以編成一個排，若是稍加訓練，便可成立一支娘子軍，疆場殺敵，塞外立功，在歷史中也可爭口大氣。

這筆糊塗帳，全算在婚姻這本簿子上嗎？萬方無罪，罪在婚姻嗎？真個冤枉。

※ ※ ※

臺灣謂夫妻為牽手，這名詞，既鄉土又實際。男女成婚，必須互為忠貞，相親相愛，苦樂與共，疾病相扶持，牽手走一生，直到老死而後止。

一夫一妻制是一項良法美意，男性人人有妻，婦女人人有夫，天地合德，陰陽調和，再也沒有曠男怨女的情景。很可惜男人好色又貪心，吃在嘴裡，看著碗裡，家有賢妻仍不滿足，依舊在外拈花惹草，調情說愛，鬧出許多是非來。好好一段美滿姻緣，被他弄得遍體鱗傷，破敗不堪。

男人如此，有些不甘被棄的妻子，柔順的逆來順受，不聞不問，任你去採殘花折敗柳，她只管把家庭顧好，上侍公婆，下育兒女，賢德慧性，成為鄰里的典範。仍有幾分良知尚知回頭的丈夫，心存感恩，憬悟回頭，重修舊好，再敦夫妻天倫之樂。有些婦女，一時短視，心存報復，你可以找小三，我怎麼不可以養姘頭？往往鑄成賠掉夫人又折兵的慘境。錢財榨乾，志在詐財沒良心的多情郎掉頭他去，棄你如敝屣，虧了貞潔女德，自家身體也作了不該奉獻的犧牲，真是得不償失，失算得很。

古今中外，偏偏是男性蠻橫當道，女性淪為附庸，包二奶、找小三、宿娼，法律輿論全都偏袒男性。若是婦女紅杏出牆，或因飢寒，不幸淪落為娼，全歸咎於女性有罪，男人只是逢場作戲而已。世道如此，也並非真正義理全在責備女性，只因男人掌握這普天之下的權柄，他們說了算數，柔馴弱質的婦女，雖想振興女權，爭個是非黑白分明，也難逃出男人權力魔掌之下。

娼妓是自古以來男女之道的一條小徑，是社會風象中的一團沙塵，不是制度。如果是制度，那就有法律條文和普遍認同的一種規範。既為制度，不該為社會良善道德所排斥貶鄙的道理。正因為是沙塵，所以髒汙了良好的空氣本質。

人類是動物的一種，只是漸漸由文化薰陶而日漸變得有些高尚，不像禽獸為吃為性而本能衝動可以鬥得死活不計，天地無色。文化有一種極強的浸潤力量，但那隱匿不彰的獸性及為惡因子，依舊隨時蠢蠢然而動，因之有妻室的不免偷吃，無妻室的單身漢則無此不樂。

娼妓如何形成？這裡面包括許多家庭因素和社會因素，我們暫時不論。像英國大作家羅素所著《婚姻與道德》一書裡，他取樣自全球的〈娼妓〉一章裡，點出主為男性性的需要，好像生產與消費般自然，你求我供，我做菜你吃飯，就是如此自然合理。他透澈的分析，觀點和看法，並無普遍性，未必人人苟同。

失偶是人生最慘痛的一段經歷。本來鶼鶼鰈鰈，雙宿雙飛，同甘共苦，晨夕偎依，不幸一方提早下場，就此孤寂獨棲，成日為死去的那一半傷心慘目。若是怨偶，死去一個，正好去了一件心病，多美好的一樁事。如為恩愛夫妻，就此陰陽兩隔，情何以堪？

續絃再醮，可以解決這個問題。續絃再醮的對象，女性是否賢淑？男人是否忠厚？尤其前妻前夫有了兒女後，一旦失去母愛，童稚們的心靈裡幾乎無人可以代替，怎能平白接受一位陌生女人或男人當爹娘呢？是以南北朝先賢顏之推在《顏氏家訓》後娶一章裡，諄諄告誡「慎之哉，慎之哉」。

顏之推為唐先賢顏杲卿顏真卿遠祖父，家學淵源，家法有自。他首先揭諸周宣王時賢臣大敗玁狁的尹吉甫，他把玁狁追至太原而還師，保全周家京邑於完璧。因信任後妻譖言，放其子伯奇於野，伯奇自傷無罪見逐，父子情乖，乃作〈履霜操〉明志，吉甫感悟，求伯奇於野，射殺後妻而告骨肉團圓。其他舉例甚多，不暇一一枚舉。

鰥夫娶後妻，寡婦再嫁，此原為情理之常，彼此有依靠，今後相珍相惜扶持到終老，應是一件美事。如果婚後虐待前妻前夫子女，則失再娶再嫁以維家道正常之道。

孩子天真幼稚，只知孺慕已逝父母的恩愛，一時難以接受後父後母共過家庭生活，原為孩子心理的自然反應。若不能以愛溫撫化育幼稚無知的孩子，讓他們重獲歡樂，正常成長，出之以妒嫉粗惡手段，虐待幼稚兒女，實在令人切齒。

臺灣物質生活漫過精神生活，澄明的性靈，每被情欲所摧殘，婦女有了新愛，男人添了愛寵，累累對孩子捶楚偏至，甚者不惜殘殺害命，埋屍荒野。一個無辜的生命成了哀哀無告的童幼冤魂，良知何在？天性父愛母愛何在？真的情欲滅殺了人性嗎？

至於夫妻意見不合，立刻反面無情，互揭瘡疤，宣諸新聞。訴請離婚，此尚屬好聚好散的最佳結局。許多失去理性的男女，不惜以激烈手段毀滅對方，百年鴛鴦成了生死契約，牽手牽成毒手。悲哉！悲哉！為何今日社會風習惡劣至此？在上位者爭權奪利，權謀為私，全是貪腐互鬥的負面教訓，不足為法。友朋之間，又少規諫疏解的情誼。徒令雙方各走極端，為社會製造不少惡質事例，實堪一歎。

結婚有問題，不婚也有問題，問題疊問題，婚姻真是個大問題。

十二、糊塗讀書讀糊塗

讀書不能致富，有人三餐不給也要讀書。有人就因讀書而大富大貴。讀書未必能夠宦場得意，歷史上卻有許多人因讀書而獵得功名，立功立德立言而為一代名宦，名垂青史，萬世景仰。

誰說讀書人是書獃？是蠢蛋？

書籍是前聖往哲一生經驗智慧的總滙，他們把一生順逆榮辱的過程，用文字記載下來，留給我們當圭臬，等於為我們指出一條如何取舍的道路，避免我們多走冤枉路而遭受與他們同樣的挫折。這是我們後人的明燈，長夜漫漫，我們不寂寞孤獨，不必摸黑走路。

讀書為我們打開智慧的窗門，結交賢哲，尚友古人。即使是同一時代人氏的著作，也有作者獨特的觀點與書的清芬，讓人浸浴其中而感到遍體清香與無畏的勇氣。

書中有一種無形的力量，他不向人招攬生意推銷自己，卻教人忍不住自然而然貼近他，與他晨昏相對，耳鬢廝磨，一生難捨難分，不離不棄。

毒蟲一日不吸毒，就感到意志消沉，人生無趣。愛讀書的人而不讀書，也同毒蟲毒癮發作般痛苦，日子難熬。

我一生不曾如癡如狂沉迷書海，所以註定胸無點墨，一生白丁。也許是習慣成自然，每日總要在書香中尋覓一些養料好滋潤生命。

白話著作，辭義淺白通順，容易瞭解；唯獨古籍，時隔既遠，古人風俗習慣與生活方式時久而義異，讀起來就感到格外吃力。

記得自己啟蒙時，老爸先教我《三字經》，反正也不懂「人之初、性本善」是什麼意思？讀到「融四歲，能讓梨」這兩句，待中餐前要背書時，怎麼也背不出來。老爸那時四十出頭，正是中年暴烈脾氣的噴火山，經過一再提示，我仍然結結巴巴忘了，老爸火山爆發把我打得滿頭包。讀書如此無趣，我與堂侄一氣之下，擺擺，罷讀回家。那時只有六歲多，居然膽敢反抗權威。

老爸不溺愛兒女，卻是十分疼愛和放任兒女，大二哥姐姐從來不挨罵，只有我這個小受氣包，經常是「打不還手，罵不還口」，老爸也只大聲訓三幾句作罷，不曾「君要臣死，不得不死；父要子亡，不得不亡」那樣天威難測。

以後，老爸就直接教我《論語》。年齡日長，悟性稍稍透了一點光，接著幼學、左傳、東萊博議、古文觀止、唐詩……等，像黑心鴨販市場賣鴨，滿向鴨胃填飼料好增加重量，售得好價錢。唯獨《大學》、《中庸》、《孟子》不曾為我開講。

讀書要有得，最重要的一點是從師，老師口授心傳。這是直接心法，等於直接叩啟學術殿廡的堂奧，毋須迂迴曲折找不到路徑和門戶。

以後，自己讀《大學》、《中庸》、《孟子》，雖曾用功勤苦，年幼時不曾熟讀牢記，年壽已大，只得浮光掠影匆匆一過，讀是讀了，所得原也有限。

《詩經》是我國最古老的一部詩，尊之為詩祖應不為過。年代湮遠，戰亂頻仍，烽火不息。天災加上人禍，造成許多古代著作湮滅的湮滅，散亂的散亂，今日我們讀到的古人著作未必就是如假包換的原版。一是因為地區不同，傳經授徒的人不同，同一種經書，也有魯齊地方的差別，大同中有小異。其次，古代印刷術不發達，著作後書之簡札，一旦損毀，原版亡佚，只有依靠當時碩彥鴻儒就記憶整理成書，記憶未必就是原著的重現，期間差異謬誤自然難免，因之今日我們所讀的經書，絕對不是古代的原味原貌。所以，自漢至今，爭論的問題特別多，讓人讀罷之後腦子中一團迷惑，不知誰是誰非？誰從誰違？經的原旨真締也不由走味了。

詩經作者是誰？是商周二朝采自民間的詩？抑是李辰冬博士大作翻案文章，說是周宣王時賢臣尹吉甫一人的戀愛詩呢？究竟是原有三千多篇，經先聖孔子刪成三百多篇才成為今日這個版本？還是原就是三百篇一直傳到今日未嘗變易？仍然是各說各話。詩序是先聖高足卜商子夏所撰，抑為後漢衛宏摻水才成今日面貌？如為衛宏造假，原來的經意經過他老人家這一瞎搞和就全不明瞭，怎會與春秋時的政經戰亂攪在一伙呢？這一連串的問題，費盡了歷代大儒的考據與獨自發現，各有所據，言之成理。教我這個渾人愈讀愈迷惑。

前些年，我買了一部由日籍竹添光鴻先生所著《毛詩會箋》，在似懂非懂之間斷斷續續讀完這部我國「詩祖」。竹添光鴻先生把我國歷代的詩經箋註全部匯聚在篇章之內，讓我們按圖索驥，讀來並不感到太費力。在讀這部「詩祖」當中，我這個渾人，總覺得詩就是詩，詩原采自民間，毛詩序硬把道德教化進賢用才強自捏合在一起，好以詩刺時刺其君，無論其詞何如？總要委曲彌縫而歸於所刺的政治人物。其次，詩序好取左傳事例附會其說，我愈讀愈覺得一部好好清麗純雅的詩經，就給衛宏這位老先生「亂點鴛鴦譜」強自媒合，搞得詩旨原意盡失。「詩祖」有知，應該會大聲抗議「我冤枉」。

推測衛宏的本意，可能是希望透過詩經發生一些警世勵俗，使是非有別、邪正分明的教育意義，期使政治清明，社會良善。但詩經早於左傳，當時作者如何預知日後所發生的種種事故？如此強行媒合，亂選東床，那不是唐突了素常清芬的詩旨啦！

※　※　※

《尚書》就是上古之書。漢以前只稱書，到漢代才稱尚書。成為儒家經典以後，才叫做書經。其中包括上溯至虞舜夏商周典訓、誥、誓、命四大類，虞書五篇，夏書四篇，商書十七篇，周書三二篇，紀錄了距今四千多年至二千六百多年間有關政治、思想、宗教、哲學、法律、地理、曆法、軍事等領域的資料。當時雖無有系統的史籍傳承，卻為大史公撰著史記開啟了一條方便之門。

《尚書》因為是上古之書，在中華文化發皇矞麗的開展上，地位最重要，所以儒家奉之為五經之首。

在先秦以前，尚書原文原貌存在於政府和民間，秦始皇為杜絕讀書人非議政治，聳動聽聞，阻撓他的暴力統治，乃接受李斯焚書的建議，這一建議，焚書激起士人不滿與反抗，連帶也阬了儒。成為中華文化第一次大浩劫，《尚書》便在民間銷聲匿跡了。加上粗魯無文的項羽一把火焚燒數月不絕的阿房宮。先秦所藏書籍文物，奇珍異寶，全皆遭殃，書經更成絕響。

伏生原為秦博士，秦始皇焚書時，伏生把尚書藏在牆壁內，直至漢高祖敗項羽代秦而有天下，傳至惠帝時取消禁書令，伏生才搜出藏書，其中失掉了數十篇，剩下三十九篇，伏生用之於齊魯間講授，他的學生用當時通行的隸書書寫，是為今文尚書。

漢自高祖建國，歷惠帝、呂后、文帝、景帝而至武帝末年，魯恭王為廣建宮室，在孔子故居牆壁內得四十五篇蝌蚪文字的《古尚書》，蝌蚪文到漢武帝時已無人認識，其中二十九篇與伏生於齊魯間教學所持用之《尚書》內容相同。

那時節，《尚書》無真偽存在的疑問。

漢有天下連同王莽篡漢共四一四年，接著是三國時曹魏四十六年，晉武帝承襲曹丕故智而取得曹魏天下是為晉，武帝晏駕，獃瓜兒子惠帝嗣位，年輕貪婪的賈后，淫穢恣肆，狡詐多智，不願大權落於勢傾朝野輔政楊駿之手，乃密詔楚王環入朝誅駿，並弒太后，遂釀成八王之亂。八王包括武帝兩位叔叔，三子三侄。禍起蕭牆，骨肉相殘，造成中原殘破，經濟凋敝，民生疾苦。國政不張，烽火燎原，引起匈奴劉聰覬覦金鑾殿上那把九龍座椅，你可取曹家天下如獵場狩鹿，我為何不可取你而代之？號稱強虜的劉聰，率領大軍侵入晉之帝都洛陽，兵鋒所至，城郭為墟。接著劉曜亦破長安，兩處帝王古都同遭匈奴兵燹蹂躪，搶劫擄掠，焚燒宮室，殘滅文物，姦淫嬪妃，甚至晉皇后楊氏也城了劉曜床笫中的新歡。后妃嬪嬙為了全命，不得不忍辱事仇。聽任匈奴將率逞其淫慾。懷帝愍帝成了匈奴的俘虜，此為永嘉五年的事，史稱為永嘉之亂。

這一亂，皇宮民家所藏書籍字畫骨董彝器全遭兵火浩劫，書經亦自人間消失，直至瑯玡王司馬睿在建業嗣大統，豫章內史梅頤上古文尚書，也有人疑為偽書，今日我們讀到的可能就是梅頤上《古文尚書》的版本。

時間悠邈，令人有許多想像，歷代名儒碩彥，在研讀尚書之餘，都有他們自己的獨見與創說，《古文尚書》的真偽與篇數多寡？都提出了不少疑慮。《尚書》的古今真偽問題，像我這種淺學無知之輩，真難捉摸違從。我獃獃的想，不管書真書偽，反正是尚書，我們好好讀它就好。即使是偽書，也應當是偽書作者曾經讀過背誦過，只是苦無書籍可資依據，因而就其記憶所及，一句一段記錄成書，其中或許不全然是原版內容，自己補益刪減的地方亦所難免，至少會有多半原來《尚書》的內涵在，因而成為今日流傳的《尚書》。後代學者鴻儒予以全盤否定，有百非而無一是，一竿子打翻一船人，則未免有些我帝我王主觀專恣了。

我是閻王爺不收的頑梗，上面一位哥哥下面三個弟弟全夭折，我自幼瘦弱，卻抗得住牛頭馬面的廝纏，怎樣折磨也不低頭，頑梗得成日砍柴、抓魚，爬樹掏鳥蛋，上山搜蜂蜜，野得天天捱老娘臭罵。如不出門便在樓上樓下鬧，與堂侄吵架，聲音也比侄子高八個音階。

有一天我爬上三樓探秘，忽然發現不少線裝書散落在一個角落，還有祖父洪興公六旬壽慶匾額「壽同嶽峙」四個高約八十公分高的原版真蹟。我把這些書抱下樓，找來針線和厚紙裝訂封底面，擺在自家書桌上充場面，表示自己有點書卷味。這些被老爸冷落的書，包括《尚書》、《禮記》、《史記》、《漢書》，殘落的《昭明文選》和科舉選文，書桌經過這類疊起來高幾一尺的木板大書捧場，整間屋子好像充滿了書香味。

其實，我那時候才小學五年級，能識得幾個字呢？書裡說的是什麼？我全懵懂無知。老爸誤認他兒子天賦聰明，其實他兒子是個天生的大蠢蛋。年壽老得快將覆土，覆土也不敢妄想。臺灣土葬至少得費一百萬，我窮，那能如此奢侈？壽屆疲暮，居然頑梗得不服老，不向閻王爺遞降書，強打精神，一字一句把韓愈先賢視為「佶屈聱牙」的《尚書》讀完。儘管所得不多，這也算是我少年無知時與尚書牽下的一線因緣。

※　※　※

人的聰明智慧，天賦占三分之二，其他三分之一則靠自己努力去開發，等如埋在爛泥堆中的金砂寶石，必須汰瀝泥砂，洗卻垢汙，才能找到那一點點發光有價的東西。

我一生無所恨，惟一憾恨的是父母生我太笨，其次恨自己一生未把書讀好。

想到古聖先賢為我們留下這許多知識寶庫，在中華文化中窖藏密封，我卻找不到鑰匙去開啟探秘，以致一生粗魯無知，愧煞白來人世一趟。

我老爸冷落三樓的藏書中就有《禮記》四巨冊，木刻大字，屬於清末版本，如果帶來臺灣，即使不算宋明版珍本，賤價出售，絕對可以換得好價錢，帶著全家大小去餐館吃個三五餐美食必無付費之憂。

《禮記》是什麼東東？小時候只見過他的廬山真面目，不曾叩啟他堂奧一覩所藏古珍奇玩鐘鼎彝器的實際情況，增廣一點見聞教益。戎行中，長官多為不識之無的大老粗，誰如果早晚專心讀書，會惹他火冒三千丈，以後的日子保險不好過。記得我在成功嶺任醫務主任時，我的醴陵大同鄉郭鍾毓中校時任副團長，就曾因為我早晨收聽趙麗蓮博士的英文教學而未出席早點名，我被罵得狗血淋頭，痛徹心腑。以後呈公文捧卷宗，視我如寇仇。你如搬出《禮記》自己讀或請益，那等如活得不耐煩，自家找死。所以我數十年來，不曾探詢《禮記》近況；退休後才買回一部《禮記》向他問候請安。

《禮記》的內容廣博豐盈，這是一庫知識財庫。這部大書，自漢以後諸多鴻儒碩彥傾一生之力註釋訓詁，彙集整理，讓我們後代兒孫才能與兩千年前的生活源流相接，認識他禮賓揖讓喜慶弔賀的生活儀節。

《禮記》一書，有人認為是孔子弟子及其後學所作，有人認為是出自老莊之流的整理彙集成書。諸家都有卓見，大抵歸納為周公制禮，只制其大綱，孔子及弟子乃將當時所行之禮儀詳加制定其程序與踐履方法，其時間為魯穆公和康公景公之際，加上秦漢儒家的補充和裒集，才成其為今日流傳的《禮記》。

《禮記》篇目共四十九篇，其中〈大學〉與〈中庸〉兩篇，宋先賢朱熹抽出與《論語》、《孟子》並列為與五經同等重要號之為四書。

儒家重禮，禮是人與人之間交往治事的一種規範。禮如通衢大道，無處不可往，無時不可行，無禮則行不由徑，違越法度；有了禮的節制與導引，必然寡欲慎行，謹言篤交，而不致流於言無顧忌，行無檢束，放僻邪侈，成為社會的公害。

《禮記》一書，雖為先秦以前自天子而至庶人生活中種種儀節的記述，在這些記述中，我們可以窺知先人們的生活情況和社會風習，也可供我們立身行事揖讓進退中的一種指引和參考。這是一部禮的記述，也是一部禮治的史書。

我讀《禮記》不敢大意。自己懍於天賦所限，只有老老實實去圈讀，能讀多少算多少，能收幾升算幾升，不敢指望滿倉滿廩而變為陳穀宿麥。有了這種心理準備，總比旱澇蝗螟災害層出無收的好。我不是不知道古禮過時，絕對不適合於今日社會。但人與人相處總離不開尊重二字，尊重就是禮。對人有禮，對己修身治事有禮，這雖是禮的大用，不襲古人的繁文褥節，有禮總比無禮好。

教育普及，文化發達，可以提高國力。漢承秦後，教育漸漸普及到民間，那時節的讀書人，即使半耕半讀，他們也不曾疏於讀經，春夏秋三季忙於農事，等到冬閒便可專心讀經，預計三冬通熟一經，如此年年如斯，十五年便可通熟五經，那時還不曾超過三十歲，三十歲呀！

說來慚愧，與我同齡的許多朋友，他們私塾三四年，自三百千開始（三字經百家姓千字文），就把四書五經讀完了，真是天賦聰明，頂尖的人中之龍，令人欽佩到頂禮膜拜。

說句實際話，五經不是如此容易讀的。像《昭明文選》，唐朝時就有李善先賢作註釋，包括字音字義詞意等等，才能讀懂。唐時讀書人，學問不比我們遜，大腦不比我們呆，必須讀註解才能讀懂文選。五經不是白話，那能是十二三歲的兒童啃得動。像我這類蠢蛋，八十歲還未通一經，連讀四書也是小和尚唸經而已。三四年私塾就把四書五經讀完了，孔老聖人有知，應該含笑九泉，他的聖學有傳人了。

新詩寫得好，常常榮獲加冕為桂冠詩人，我蠢得十足飽滿，應該加冕為「桂冠蠢蛋」。那能怪自己讀《禮記》依舊一無所得哩！

※　※　※

「融四歲，能讓梨」，這兩句三字經，害我被老爸K得滿頭包，那種慘況如果是今日學校老師下的毒手，百分之九十九要告進官府。我與堂侄沒膽量抗議，只有掂著小腿逃學回家。

老爸這頓修理，小時候感到好窩囊好傷痛，待年壽日大，這才感到父愛溫馨，這是我老爸留給我一生最珍貴且永恆的記憶，父愛永遠烙在我頭頂上。

好歹總把《三字經》讀完，老爸就直接教我《論語》。像是趕進度，一年時間把上下《論語》全部教完。

老法子教學，是先就兒童記憶力強把所教三、百、千、《論語》、《孟子》等書全部背熟。不講義理，不問旨意，待年壽稍長，五經全能背誦如流，縱然不能一句不遺，能有六七成收成，以後自然能夠觸類旁通，悟達原旨。不成通儒，也是一位腹有詩書的讀書人。

七十年後的今日，自學而第一篇到堯曰二十篇，我只零零碎碎記得一些句讀，待一一誦讀又感到恍如舊識面善，曾經有過交情，只是未曾輸悃納誠，才成今日交疏情薄如同路人。以後讀錢穆先生的《論語新解》，陳立夫先生的《四書道貫》，南懷瑾先生的《論語別裁》，以及華藏淨宗學會印贈的《四書白話句解》。我私底下琢磨，畢竟是大儒講四書，比我老爸趕進度，為兒子多灌進一些古籍知識，講授簡略，全都一筆帶過，而且只求背熟，無多餘時間分析義理的填鴨式教育，其演繹推論與人事相結合的講解方式要詳盡而又令人別有悟得，較我老爸前進幾大步，也讓我有更多的體會與啟發。

今日年輕人不讀四書，高初中課本多選了一點論孟內容，凡中必反的老師與社會團體即集體抗議，斷斷以為不可。

孔子沒有政黨色彩，他沒有中國國民黨籍，他有教無類，只希望人人成才成德成學。毛澤東打倒孔家店，批孔揚秦；臺灣也不讓孔孟有一席之地好培育後進。孔家店是塊金字招牌，貨真價實，童叟無欺，二千多年的基業，秦始皇毛澤東打不倒他，要倒的仍是那些撼大樹的蚍蜉，企圖推倒大象的螞蟻。

與我同輩的朋友，小時候只要三餐能得溫飽，多數讀過四書，我們雖然淺薄，可證我們父母輩多麼重視孩子進德修業而不為世俗汙染心性的教育。時代在變，人心也在變，這樣一部兩千多年來的寶典，也是中華文化的源泉總脈，我們後人卻視之為過時的古董，視而不見，棄而不取。今日老少男女，凡事薄於責己，嚴於責人；有功歸己，有過委人的歪風邪德，也應該算是文化薰陶不足的原因吧?!

一般讀四書的次第，是先學庸然後論孟。

我老爸可能慮及《大學》與《中庸》屬於思想哲理性的書，即使教了，沒有相當水準與悟性，也難入此修德之門。一個七八歲的幼童怎能理解？兒子有幾斤幾兩重老爸心裡有數，既未天賦幾分聰明，離中人之資也差幾步。所以先授我《論語》，這種語錄式的道理，容易理解而深入人心，也較易接納。

《論語》是先聖孔子教授門人及與門人質疑問難的對答語錄，先聖死後，其門人輯錄整理而成為今日的《論語》。宋大儒程頤說：「《論語》之書，成於有子冉求曾子參之門人。」這是先聖的金言玉語，千古不磨，愈久愈馨。程頤又說：「今人不會讀書，如讀《論語》。未讀時是此等人，讀了後又是此等人，便是不曾讀。」可證《論語》是教人進德修業敦品勵行的一部書。未讀《論語》前，無路可循，無徑可由，讀了之後，前路已有明燈照引，便當實踐力行以變化自己氣質，改正自己踰越矩法的行止而遵行於光明大道。

宋開國宰相趙普說：「半部《論語》治天下。」半部《論語》何以能治天下？因為《論語》全是先賢與弟子教人立德修品、待人治事、謀國蒞民的大經大法，雖為犖犖大端，只要擷其精要遵循不違便能與民同休戚共安樂憂患了。

程頤說：「《大學》孔氏之遺書，而初學入德之門也。」

大儒朱熹說：「《大學》之書，古之大學所以教人之法也。」

明道先生又把《中庸》的要旨明示我們，他說：「《中庸》一書，乃是孔門傳授心法，子思

（孔子之孫）恐其久而差也，故筆之於書，以授《孟子》。其書始言一理，中散為萬事，其後合為一理，放之則彌六合，卷之則藏於密。」

晦翁先生也說：「《中庸》何為而作也？子思子憂道學之失其傳而作也。」道學就是道統，自堯、舜、禹、湯、文武、周公、孔子……一貫相傳相承，正而不邪，去人欲存天理，惟精惟一、允執厥中之法。

學庸二書，其幽深精微之處，畢竟不是我這個淺碟子型人物所能理解得聰明透澈，總算未負我老爸教鞭督責之意，陸陸續續圈讀過兩三次，有無收穫？我不曾記帳清點，但我這一生雖然愚蠢到頂，言行規矩正大，不惑於邪說謬論所欺，不做違法害人的事，堂堂正正清清白白到老耄，應該是拜受聖賢教訓開示有關。謝天謝地，我縱然不成其為君子，也算得是個正正派派的人物。

※　※　※

老爸教大堂侄《孟子》，我那時剛把《論語》讀完。

老爸教到〈梁惠王〉一章：「五畝之宅，樹之以桑，五十者可以衣帛矣；雞豚狗彘之畜無失其時，七十者可以食肉矣；百畝之田，勿奪其時，頒白者不負戴於道路矣。七十者衣帛食肉，黎民不飢不寒，然而不王者，未之有也。」

老爸神采飛揚在講授，我則凝神壹志在旁聽，似懂非懂，倒也多少有些理解。比如「五畝之宅，樹之以桑，五十者可以衣帛矣。」

老家風習，家家戶戶三月養蠶，蠶食桑葉，年輕少女少男個個幫著母嫂採桑。桑樹高達數丈，把長梯靠在桑樹上，少男少女緣梯而上，樹上樹下都是人。採桑時，不能折枝撓幹，傷及原樹根本，必須一片片把桑葉摘下投入簍子。大盤養蠶人家，一養幾屋子，封窗密門，不讓強烈陽光照射也不容春風探門叩戶，屋裡燒著炭盆火，不讓蠶寶寶受凍，十幾二十幾位老於養蠶的婦女小心伺候，輪班值夜。所需桑葉則僱用年輕男女採桑供應。

農村風習保守，縱屬寒素之家，未出閣的閨女看守得像是拘囚。最怕女兒一時心野作了別個男孩的露水夫妻，一旦失身，就別想有媒人上門談婚事。平日大門不出，二門不邁，此時突然開放讓他們採桑賺外快，男孩女孩的心像是飛了。看對眼的，不免眉來眼去，頻送秋波；情動興來時，還不禁山歌對唱。情苗萌芽，愛意發春，如果門當戶對，往往能夠成就一段好姻緣。門不當戶不對，除非父母開明，不存門戶之見，否則，東西紛飛，今生無緣了。

由採桑養蠶，我居然也能會意「五畝之宅，樹之以桑，五十者可以衣帛矣」這幾句話的含意。帛，就是絹嘛！蠶結繭後，便須繅絲，一具簡單的木製繅車，前放炭盆火燒一鍋沸水，後坐繅絲婦女，把幾十隻蠶繭置於沸水鍋中，然後用長竹筷攪出絲頭，幾十隻蠶絲合成為一根絲，踩動繅車把絲捲在熱鍋絲架上。蛹子曬乾後用油炸焦，撒上鹽，清脆馨甜，便是最好的蛋白質來源。蠶絲織成絹，經過染色，亮麗黝黑，蘇浙二省謂之綢，土法煉鋼我們為之絹。炎暑天候，穿在身上，飄飄然迎風款擺，既涼爽又輕快。

養蠶採桑農家事，憨大呆會通與《孟子》的高論結合在一起，多少懂得孟老夫子教民的心意，以後每逢老爸講《孟子》，我便會凝神諦聽，其他諸章也旁聽了一些東西。後來我因為要上新制小學、師範，老爸岔不出我的時間教我《孟子》。如此一部滔滔宏論的古著作，我只止於淺嚐而已，幾十年來一直掛在心底而惶懼不安。

前幾年，我把心靜下來終於把《孟子》次第讀完，不是了卻心願，而是膝行跪聽孟老夫子的耳提面命。

《孟子》釋義，像我這種渾人，內蘊不足，悟性不高，既不能匯通成章，也難析離各自獨立成其專述，想闡述也說不清楚明白。

我記得我老爸曾經提示我說：「要想文章寫得好，必須熟讀《孟子》。要像孟子那樣源流清楚，不竭不匱，頭頭是道，而其意蘊又不窮不盡……。」當時，讀不懂《孟子》，不知老爸說得對也不對？待讀了之後，才真心感受到《孟子》的文章真如長江黃河般之下高山奔平原，浩浩蕩蕩，氣勢萬千，波濤翻湧，浩渺無際，風晴雨雪，復又變化無窮。

孟子曾對其弟子公都子曰：「予豈好辯哉，予不得已也。」

孟子推行仁義，遊走各國，希望君王行仁政，愛民以德，節用去奢，與民同樂，輕賦薄斂，不違農時，讓人民耕稼種植，豐衣足食。可惜他行走宋、滕、梁、齊、魯等諸國間，人不得用，道不得行，他的辯駁全為衛道而發。俗云：「兵來將擋，水來土淹」，看出這位篤於仁義的孔門傳人，倔強固執脾氣之一般了。

讀罷《孟子》再讀《荀子》，這兩位儒家道統的繼承傳人，文章風格全然各異。荀子的文章就沒孟子那樣流暢輕快，如同駃騠快足、揚蹄飛鬣、豎尾長嘯驃悍無礙之快了。

熊公哲先生注釋的荀子，我費了近八個月時間終於把他圈點完，老年讀書悟性略強記憶則日減，我像篤農耕種，雖然晨昏不息，寒暑無阻，依舊是年年歉收，以致倉庫無糧，家道艱難，成年在飢寒中度過。不過能把先賢留給我們的古籍一字一句披讀完，成績不是特優，自己也給自己八十分。

摯友名作家琹涵，三十年前給我一句很受用的話，她說：「任真，讀書不怕慢，只怕站。想讀書，就從現在開始，絕對不嫌遲。」

就因為摯友這句話的當頭棒喝，三十年來我真的用功讀了一點書，不敢列清單自我膨脹淺薄地表示自己了得。讀書是自家事，有得無得？我是「瞎子吃餛飩，心裡有數」。

父母製造兒子時不曾專心設計，隨隨便便捏個模子就讓兒子出生，害我天賦不高，事事比人笨。老爸一時糊塗又作了錯誤決定——讓我充個讀書人，所謂「充」，就是指自己不是一塊讀書的料，卻在濫竽充數——假貨。

清朝張潮在《幽夢影》一書中說：「藏書不難，能看為難。看書不難，能讀為難。讀書不難，能用為難。能用不難，能記為難。」三十二個字一層層告訴我們讀書要能受用實踐，要更熟記而不違越禮法。一本書讀完後全不記得，讀了也等於白讀。

張潮先賢家境想必富裕，衣食不愁。像我這種窮措大省吃儉用買了一部百納本二十四史，因為字體太小，目力已衰，只讀罷三分之一就不得不強迫自己收腳。想再買字體大的二十四史讀竟其功，窮呀！買不起，那敢說：「藏書不難」呢？

十三、怎一個貪字了得

中國字義有千變萬化的妙趣，比如了、不、得三個字，在運用上就有幾層不同的意義在。了得，可以解釋為你這個人做人做事具有本領，教人欽佩不已。次一層意義是說禍害無窮，沒完沒了。

了不得與了得二字的意涵約略相似，一層讚其美，一層貶其惡，想了結也結不了。不得了，是比喻此時此事，誰插手也無能為力，禍害之深，無法結算。

我國的文字運用，字簡而義豐，如出之於兩人對話，則看語氣輕重而賦予的義蘊不同。重一點是貶人，輕一點則為譽詞。果真是藝術化到了極境。

貪與貧二字，結構大同而小異，我們自小識字，當然懂得貪貧之別；外國人學中文，往往搞得一團迷糊。貪與貧面貌全然酷肖，僅僅些微之差，賦義就全盤走樣了。

貪是欲無饜足，貧是財富不給，看字形貪為今日有貝，貝，財貨也。貧則為分貝，財貨分給了別人，自己荷包乾癟，那不就是貧了。

根據孟子性善說，一個人生下來原本性善，由於後天環境的影響，變而為性惡。貪欲之生也，應該算是性惡的一種。如就荀子性惡說來看貪心，貪乃先天而有，自娘胎中帶來人世間，因為性惡必須以禮義教化他，讓他化惡為善，易莠為良。

人性相同，貪之一字不是止於我們中國，全天下不分種族地域國別，凡有人類居住的地方就有貪。人性如此，變化萬千，欲壑難填，不是止於飽暖而後已。有了溫飽，尚求粱肉綺紈，有了土屋瓦厝，更望采椽雕飾的亭園樓閣，有了布衣荊釵的賢妻，更娶綺年玉貌、胴體豐盈、鶯聲嚦嚦的美女艷姬……此無他，貪也。

最易使人起貪心的，當然是錢財。

金錢萬能，有了錢，想什麼就有什麼，要什麼就得什麼。此乃是「雖蠻貊之邦，行矣」！錢能通鬼神，看看今日燒香拜佛祀神靈，那一處大剎小廟不是大綑大綑金銀紙燒化當賄賂，供作求神的敲門磚，可見神靈也愛財。

正因為金錢萬能，人世間處處非錢莫辦，事事無錢不能。沒錢，怎麼辦？貪呀！貪才有錢。光貪不行，必須把貪的同胞弟弟「汙」聯手共謀，才能上下其手，貪汙狼藉，共成其事。

有句俗話說：「人無橫財不富，馬無夜草不肥。」這不是謊話，卻真是世俗中顛撲不破的真理。我一生就只拿那幾文乾薪水，所以一生都在叫窮，窮到老死而後止。

橫財的門路有多種，如搶劫、偷盜、詐欺、勒索、綁票、印偽鈔、仙人跳、工程收受回扣等等，貪汙當然是發橫財門路之一。

貪汙為惡德，這種惡德古今相同，中外異曲而同工。這是性惡？抑為性善卻因為後天環境汙染而有以致之？起孟荀兩位大儒以地下而質之，這兩位大儒也可能說不清楚，講不明白。

貪汙先要有位，有位便有權，有權便能貪，若是有權而佔不到美缺肥差，依然是望貪無門。

冀望有權先要有位，位自何來？古時候十年寒窗，通過考試，才有進身之階，討得一官半職，進入政府衙門，掌握職權。職權之內條條道路通銀庫錢莊；手下行個方便開扇後門，給殷商富戶一條謀財取利方便之路，你不愛錢，錢也會自動長腳往你家銀庫安身立命。

許多猾吏貪蟲會巧妙設計耍點手段，故意設置許多關卡弄人，這道關卡就是錢財的金鑰匙。商人為了開鎖，你不張口，以前是白雪雪銀錠輦來尊府；今日則是花花綠綠的美鈔臺幣，或者是炫人眼目的鑽石珠寶，動輒百萬千萬的鑽石名錶，會有人自動自發奉來孝敬。卻之不恭，老天也會笑你阿呆。受之無愧——我給了你撈錢門路，管他國家利益道德人心那檔子事，你不孝敬我孝敬誰？於是家中屋子小裝不下，走道寢室全是麻包裝的成捆鈔票，稍一大意便會被鈔票絆倒跌個四腳朝天——我一生窮怕了，倘若有朝一日能跌個如此美妙的鈔票大跤，縱然傷了手腳，也會感到甜蜜幸福而心甘情願。鈔票源源而來，先是去銀行租間祕密庫房收藏——是整整一間呀。我在銀行租了一隻小保險箱保存房屋土地所有權狀，每年繳一千多元保管費，交完費後我至少一夜不得安眠，窮呀，心疼一千多元飛去別人家。庫房錢多不能容身往外擠，只有勞動家人去國外開戶把黑錢洗成白錢。錢這種東西，真是萬般可愛。

人生在世，取予之間還是有把尺寸，取不傷廉謂之應得，取而傷廉為之敗德。該得的得了於心無愧，不該得的錢財拒而不納，這就是廉潔。廉是什麼？廉是清清白白的辨別，辨別金錢財物的清濁邪正？保持清白之操。所謂寧甘清貧，不受濁富，濁富就是貪得來路不明的錢財。

許多事往往叫人啼笑皆非，以天知地知你知我知的漢朝楊震先賢來說，他拒人錢財的四知，楊氏取之為「四知」堂號。楊震第八代裔孫楊堅，卻乘北周主小母寡之危，篡取北周天下而曰隋。楊堅的兒子傳廣更加妙不可言，趁他父親病危難言之際入侍父皇病榻，沒多久傳諭天下曰：「皇帝崩天。」隋煬帝弒父自立，至今是則懸案。你說取予之際究竟如何把握？

白花花的銀錠，花花綠綠的美鈔台幣，閃閃爍爍的鑽石，黃燦燦的金條……教人眼花撩亂，心旌動搖，叫他不動心，老天也會笑他憨。要無潔白之操，貞固之志，寧甘寒素淡泊之心，望他不貪，難啦！

貪來的錢財來得冤枉也去得快捷。許多因濁富而起家的子弟，往往因為金錢來得容易，一生住有華屋，吃有美食，穿有綺羅，伴有艷婦，誤認為富是自己的天命，以前是耽於煙毒嫖賭，如今吃喝嫖賭處處開門迎客，有錢可壯膽，花錢不記帳，不幾年功夫，房屋易了主人，錢財長了翅膀飛去別人家，貪汙致富的祖先留下一個破落戶的兒孫，仍然回到他祖先貧寒境地。為富不仁的事例不勝枚舉，史不絕書。可供我們談助。

俗話說：「富不過三代，窮不過三代。」辛苦賺來的錢財，用時才會量入為出，即使不錙銖必較，也要深計熟慮然後才支用；此種錢謂之為血汗錢，血汗錢才能萬萬年。

自古至今貪汙必須結黨，在朝為官的大咖，有權有位，好差使放給自己人。自己人佔得美差肥缺後，千方百計撈錢，為了感恩圖報，逢年過節或做壽，當然輦著金銀財寶來孝敬。這項油水全是賣官鬻爵的代價。其他撈錢的方法推陳出新，比如逢隘設卡，遇險設關，名正言順抽稅交例銀，剝削商旅，中飽私囊。至於米鹽等生活物資流通，更是一條油水河，吃香喝辣，吃得人油光滿面，走路橫行。

現在，時代進步，撈錢的方法更多，其中奧妙，外人不得而知，反正是權位錢三位一體，黨與黨、人與人之間，同心協力，互相聲援，你不阻我財路，我不斷你金脈，有錢大家撈，有油大家分，有利大家圖，喊愛臺灣是幌子，聲嘶力竭說服務民眾，那是騙人的伎倆。他們志在撈錢，那管國家人民的未來？

貪汙會腐蝕國家的根本，失去民心，其毒害之烈，比之強敵臨境，鋒鏑奪命猶為禍深。明清兩朝末年，貪腐之象，令人要喊窮天地造化之妙。抗戰勝利後中國國民黨政府丟甲棄盔，全面崩潰，終至失去江山，退守臺灣，就是一則顯例。貪汙全在地下勾結進行，我們看不見，但暗潮惡漩之險，隨時可以覆國亡邦，令全民滅頂。少數人的貪欲縱橫，卻令全民罩忍受烽火摧殘，死離生別，悲哉！豈不可怕。

貪心起於慾望無法饜足。甘於淡泊，安於寧靜的人便無亟亟然的貪求念頭。錢財可以易物，有人貪，只因為它能滿足生活所需；珠玉鑽石為飾物，貪它是因為它那連城之價。至於貪權貪位之輩，我們可以推想勢位崇隆，權力足以奪人生死，處在那個時代與地位，該有多少人奉承和伺候他的顏色，那種境地，一呼百諾的雲端生活，要他們不貪權貪位也不可能。

權位如此熾熱而迷人，不甘雌伏的雄傑之士在旁為之垂涎難忍，所以隔個一二百年便鑽出一個人來，搞得天下蟻潰魚爛，民不堪命。天下是天下人的天下，你久坐不讓位，我為何不能攆你讓座讓我也「朕即天下」一番？此正是孫猴子「玉帝輪流坐，明年到我家」的心理。至於已然在位的人來說，如自漢朝算起，兩漢間武帝劉徹在位五四年，先前出了一位呂后，以後又竄出一個王莽橫刀奪位也當起國家主人來。到了南北朝時代，梁武帝蕭衍篤信佛教，一面作皇帝一面出家當和尚，常設無遮大會自己講經，每次法會完畢，還要朝中大臣籌錢贖他這個菩薩皇帝還俗治國，在位四八年。最後被侯景餓死於淨居殿。皇帝當得不怎麼樣，在佛教中倒是有他崇隆的地位。這只是自我國五千年戰亂頻仍史中揀幾個戀棧權位的顯例，點出權位令人貪迷不醒可笑又可嘆。

唐玄宗之前先是武則天這個惡婆娘搞得天翻地覆，唐玄宗繼中宗睿宗之後，平靖韋后之亂，開元之治可與貞觀之治媲美。玄宗二十餘年長治久安，府庫殷實，於是飽暖思淫慾，久安樂侈華，寵幸一個楊貴妃，肇致安史之亂，兩度被迫竄匿四川逃命，他還厚著臉皮寫下一首五律抒懷——

〈幸蜀回至劍門〉

劍閣橫雲峻，鑾輿出狩回；
翠屏千仞合，丹嶂五丁開；
灌木縈旗轉，仙雲拂馬來；
乘時方在德，嗟爾勒銘才。

他無德所以才被安祿山攆得倉皇逃命，連最寵愛的尤物楊貴妃，也被逼縊死於馬嵬坡。唐玄宗還不感到愧羞哩！

玄宗在位四十五年，先是武則天牝雞司晨僭稱帝位二十年，為了取得權位，連自家親生骨肉女兒都敢忍心扼死。權位迷人，貪取才能有得。唐末五代，梁唐晉漢周，全是一群無賴在爭權奪位。到了明朝，神宗在為四十七年最久，清朝則是康熙在位六十一年，乾隆安享尊榮亦有六十年之久，把地位讓給兒子嘉慶後，還弄個「太上皇」冕上加冕過乾癮。貪權貪位，如果是天下昇平，老百姓同享安樂，那倒是樁好事。像唐玄宗沉醉聲樂，迷於女色，導致干戈擾攘，全民受災。唐末五代帝位禪讓如同賭博換場子，東家輪流做。老百姓的財產生命充賭本，賭光賠盡，河山殘破，天地變色。人家貪權位，帶著一伙不相干的無辜百姓跳火坑賠掉生命。賭鬼性格害人不淺。

歷史中臣僚固位保祿，貪權養榮的人尤其多。為何要貪權貪位？因為他們在皇帝眼耳所不及的地方，其尊榮富貴，意氣飛揚，只比皇帝的權力尊榮小一點點而已。影響力可以左右朝政，攸關事之興廢成敗，縱然妄自尊大，權位所繫，知所吉凶輩自然噤聲不語，任他得意自恣，樂其所樂。權位如此迷人，誰不想貪權固位呢？

今日臺灣官吏不值錢，紅衛兵式的學生運動，可以指著官吏鼻子罵得皮骨劇痛，祖先地下嘔血；任何羞辱性文字都可在網路上恣意橫行，加油添醋巧為調理，激使旁人也不由氣憤填膺，唾罵稱快。權位仍然百般迷人，在位的不想放棄，凡有選舉，三山五嶽人物傾筐倒篋出頭，爭相競逐那些位置。位不管高低，權不管大小，權位錢脈胳一貫，任何時間和地點不會斷絕這一脈的。

「毛主席」真是我國數百年來一位奇才，他能奇巧地製造紅衛兵，幫他打倒政敵，鞏固權位，用時紅翻天，不用則作廢，收放自如，隨心所欲，一夜之間赤紅變成汙黑。海峽兩岸的「紅衛兵」都能衝撞權力，撼動高位。年輕人迷信自己的群眾魅力，自以為在改寫歷史，創造一個新的世紀。法律如果不死，法律依舊要追訴違越法律事實，判定是非黑白，成為爾後反抗威權可資遵循的範例。

貪，貪，貪，貪權貪位貪財之後，還有貪名、貪酒、貪色、貪吃等等項目，如果搜羅中外古今資料，可以各寫成一部洋洋灑灑的專著，供大家茶餘酒後幫助消化食物解除宿醉。

食色性也，一生最重禮教的孔老聖人也不否定性為不道。天性如此，智愚皆同，孤陰則不生，獨陽則不長，兩性諧合，才能化育萬物，生生不息。

感謝造物賜給我們人類一種女性，才使人世間多采多姿，生氣勃然，讓獷悍粗魯野性桀傲的男人有一種調和制衡力量。

女性之美，美在姿容艷麗，體型苗條，發聲如黃鶯出谷，百靈囀春；移步若楊柳舞風，綠荷搖波；性情柔若織綿，心思細如鑄金，誠如《登徒子好色賦》中所說：「增之一分則太長，減之一分則太短；著粉則太白，施朱則太赤。」若非鍾得山水靈秀之氣，厚荷天地造化之功。焉得有此女人讓我們粗魯無文的男人共營家室，同締人間美夢？因之，愛女性，情也。好色、貪色，情所鍾也，人性不可遏也。

話又得說回來，出乎情止乎禮是愛。到處留情，愛其姿色，悅其美容，適可而止謂之好。貪得無饜，像晉武帝那般原有五千宮人尚感不足，平吳之後，再把孫吳吳儂軟語艷若桃李的五千美女再納入後宮，日日驅羊車以獵艷，選瘦揀肥以縱幸；一萬多妻妾，任他予取予求，此即貪色的顯例，淫魔的魁首。我們引以為鑑，無力可以效法，凡夫俗子，三餐尚感愁得滿頭斑白，豈能唐突女性，垢辱西子。

文章，不，這那能算是文章？不要羞辱人啦！只有說胡說八道到這裡為止，不再浪費筆墨。貪色也是貪，但得失禍福止於個人，即使貽害，對社會人心影響不大，只為個人製造笑話資料，就此作罷。

十四、門當戶對

觀賞平劇《郭子儀上壽》，只見戲臺上全是角色，原來郭令公膝下擁有七個兒子八個女婿。這一算，郭令公努力耕耘之下，他夫人替他生了七個兒子八個女兒。

這十五個兒女肯定不是令公嫡夫人下豬仔一般一個人生的。古時候世宦之家的男人三妻四妾是常事，富厚人家的男主人比照辦理，也多是三妻四妾，名正言順，義無反顧。郭令公平定安史之亂，功勳德業，震鑠一時；正如他兒子與他皇帝女兒的妻子拌嘴說氣話：「我老爸薄天子而不為。」嚇得令公滿頭大汗，擔心滅門之禍發生在俄頃間，立刻綁著兒子向皇帝老子請罪。倒是唐代宗豁達，他安慰令公說：「兒女閨房鬥嘴，不用我們操心。」

新舊唐書都未記載令公究竟娶了幾房妻妾？依我推想，令公戎馬一生，戰功彪炳，戎行間的大小頭目盡是他的屬下，他討三幾個妻妾，應該不致遭到物議。我替他扳著手指頭算一算，如果是四房妻妾，每位妻子替他生育三個多兒女，這十五個兒女便滑溜溜地滿額了。

世宦之家的家務事，分工細密，如同一個小朝廷，管帳、管理田產、清潔工、廚工、侍候夫人小姐的小丫環、打雜物的老媽子、管車輛馬匹的雜工、各司其事，各盡其責。主夫人號令內闈，如夫人除了侍候丈夫讓他春風得意外，茶來伸手，飯來張口，像花朵蝴蝶點綴家庭景色，專責任務幫令公生三幾個兒女，絕對是樁稀鬆平常事。

我家老爸沒有天命當皇帝，沒錢沒膽后妃媵嬙；也無勳業如郭令公，他一生只生下三個兒子和一個女兒。老爸尚懂安分知足，如果他大量生產讓我老娘像螞蟻下蛋一樣，嗷嗷待哺之口也會把老爸啃得骨瘦如柴成為人乾。

農業社會愛多子多孫。為什麼要多子多孫？因為多一個兒子就多一分勞動力。自己憑本事多生兒女，等如不違國法自己鑄銀錠印鈔票。待兒子長至十五六歲時投入生產行列，出產的農產品輸往市場換金錢，財富日增，家運日旺，這叫做人財兩旺。這種好事豈不是快哉此樂，誰不樂意多生兒女呢？

我家兄姊弟四人，大二哥在家舉足輕重，穀豆收成全靠二位哥哥做牛做馬去經營，如果兩兄弟一鬧情緒罷工，老爸就沒戲唱。所以老娘常常好言安撫，老爸也不願輕易行使父權，早早晚晚總會給他們一點好臉色瞧。我呢？是家裡的剩餘貨，大二哥年年換穿新衣，我則是由老爸的破舊長袍或大二哥淘汰的衣服修改一下當新衣穿，這也罷了。往往舊衣破洞，老娘找塊同顏色的布往破洞一蓋，細針密線一縫，這件補釘衣服就是我迎接新年的禮服，穿不穿隨你？小時候我也不太愛體面，只要三餐不餓肚皮，有空閒時間讓我上山下水去瘋，補釘衣服我照樣穿著四處闖。

姐姐是老爸的心肝。三個兒子粗貨，凡事粗心大意，大而化之。姐姐則是景德鎮燒製的細瓷，質地幼嫩而又畫工絕倫，與扶犁掄鋤的兩位哥哥就是不同。她心思細密，侍候老爸既周到又貼心。

其實姐姐也不是刻意討老爸歡心，只因為老娘教了她這一套侍奉長上的規矩，姐姐按章辦事，順手順心，自自然然，在老爸的心裡就感到女兒格外孝順。因之，姐姐的穿著使用，不需姐姐撒嬌，老爸會自動自發幫姐姐買回家。姐姐一出門，打扮得花朵般艷麗，會讓親戚鄰里眼睛一亮，端莊先生的女兒就是不一樣，穿著講究，言行有禮有節，像水蔥般清麗蔥秀，大家閨秀就是與鄰家女兒不同。

※ ※ ※

姐姐長到十四五歲時，就不斷有男男女女媒公媒婆上門來說媒。

老家厲行早婚。

姐姐尚是一個十四五歲小女孩，又不是七老八十的三春殘花，媒人如此穿門越戶，踩破門坎，未免有些過分。

原來老娘心裡有盤算，附近十里之內與姐姐年齡相若的年輕人，讀書種子不多，多數是扶犁執鋤鞭打牛後半截的農夫。這麼一個清秀書香門第女兒，如果找不到門當戶對的青年相配對，對家庭門風是種玷辱，對姐姐也是個大委曲。所以如有媒人上門，老娘全皆笑臉相迎，奉茶奉煙兼留吃飯。

老爸在外教書，一個月才回家一次，每次回家，坐定後，老娘就把媒人來提親的事向老爸作詳細匯報。

老爸聽在耳裡，只是唯唯諾諾不表示任何意見。

娘問：「褚家家道不錯，兒子也聰明，你看呢？」

老爸仍然不吭聲。

「李家老三也算是個老實人，很可靠。」

老爸依舊不置可否。

老娘急了，說話也不免有些激動：「你總得有點意見？」

老爸這才開口了：「女兒還只十五歲，變成老閨女啦？我養不起我女兒？」

老爸這兩問，問得老娘啞口無言，滿腔熱勁被一盆冷水潑涼了。

老爸終於提出姐姐婚嫁條件：「要找女婿也得門當戶對呀！褚家李家配與我們結親戚嗎？」

老娘不再作聲，也許她心裡這會兒才體會選女婿，門當戶對是項很重要的條件。

※　※　※

婚配講究門當戶對，其實就是門第觀念的另一說詞，還真是源遠流長，其來有自啦！

先秦以前，政治掌握在貴族手裡，這些貴族周繼商行封建，又封出新的貴族，再次是給失去政治領導權的舊貴族後裔再給他一個身分，仍然當他的貴族。士人受到教育後，開啟了思想智慧識見與判斷力，奔走各國找出路求發展，一則謀衣食，再則施展抱負直接肩起儒家治國平天下的責任。這一批棲棲遑遑的士人有了權位之後，高車駟馬，財富也跟著而來，雖非世襲，卻為兒孫建立起準貴族的備取身分，日後歷代名宦，也就成了新的貴族階級。

到了兩漢，世襲貴族已失去參與政權一手獨攬的大勢，皇帝老子要治國安民，鞏固自己「朕即天下」的領導地位，便向民間考選有才能學養的士人分擔公職，自中央到地方，幫皇帝老子推展政治理想，保住吃喝玩樂號令天下的優裕宮廷生活。世襲貴族雖沒落了，這批在政府中取得大權大位的士人，職位權力令人艷羨，在位時固然可以左右地方。致仕還鄉，仍然為地方人望之宗的鄉紳，子弟們因為受到好的教育，自然比農家兒女企圖苦讀出頭者卓異，踏入仕途，新舊人際關係脈絡縱橫，仍然綿繼父兄榮光在官場中左右逢源春風得意。其婚媾對象，不是皇帝老子把女兒配給他，就是彼此同僚結成兒女親家。因為男女教育相當，家世相等，在家禮儀養成不相上下，如此門當戶對，一不失身分，二是半斤配八兩，夫婦間也就沒有畸輕畸重你輸我贏的爭論了。

下面再結算歷史上一篇門第爛帳。

歷史真是一樁滑稽諷刺的戲目在賡續搬演。

曹操父子千方百計篡奪漢家江山，自曹丕五傳四十六年就亡於司馬懿祖孫手中。司馬氏祖孫三代承襲曹丕故智，架空曹魏天子權力，到第三代司馬炎接手對曹家帝王予取予求，吃相萬般難看，終於脅迫曹家天子萬般無奈把帝王寶座讓給他，是為晉武帝。無奈命運不濟，晉武帝風流淫侈二十五年帝位後，敵不過閻羅王的無情催索，兩腳一伸以後他束手不管了，憨大呆兒子惠帝嗣位，以後懷帝愍帝四王短短五十二年晉室江山，懷帝被匈奴劉聰擄去遇害，愍帝又步懷帝之後為劉曜所俘。

晉元帝司馬睿為司馬懿曾孫，封為琅琊王，不是帝家的紅牌藩王，南渡大臣為有一位精神領袖當共主，共同推戴他嗣位接續晉家天下，是為晉元帝。

晉家天下先是八王之亂十三年，再又繼惠帝永興元年五胡之亂，北方已然殘破不堪。元帝雖然做了皇帝，大權卻掌握在權臣手裡，施政用人全看權臣臉色，權臣不點頭，皇帝老子的詔誥出不了宮廷大門。自元帝到恭帝十一主一〇三年江山，終於雙手捧給了宋武帝劉裕。

自晉武帝開國到恭帝被弒國亡，兩晉一五五年帝統只便宜了武帝一個人。他當皇帝二十六年，原有後宮六千人，平吳以後，又將孫吳六千宮人全納入後宮，一萬多個妻妾怎能消受？銅鑄的身體鐵打的骨架也會被銷融殆盡，怪不得他在應接不暇時只有駕羊車稍作收斂去享樂了。

以上這一段嚕嚇道來，那是過程，然後才能正式踏入男女婚媾重門第正文。

晉室南渡，家業富厚根基穩固原有的中原貴族，不曾人人追隨政府南渡，安土重遷的觀念根深柢固，誰願丟棄吃穿優渥的大好家業而飄泊江表當個政治流浪漢呢？因之，中華文化的根基並不因異族輪番為帝為王而有所重大戕害。而且不論是匈奴、羯、氐、羌，雖為化外之民，但追本溯源。每支民族都強調自己是皇帝軒轅氏的後裔。儘管北方淪為胡人爭奪帝位的殺戮戰場，直到拓跋跬翦除強弱寨主而獨尊稱帝號為魏後，北方依然是中華文化大一統。自商周秦漢三國兩晉以來的門第婚姻的大鐵箍，至元魏政權中的官吏愈益牢不可破，門當戶對，半斤八兩，龍配龍，鳳配鳳，老鼠的兒女活該去打洞。

元魏帝國時代的清河崔氏、范陽盧氏、太原郭氏、河東柳氏四大望族互為婚姻。不能與這四大望族家世官位財富相稱的其他氏族，絕對高攀不上。

這四大望族自漢魏而至西晉，奕代為朝廷高官大吏，甲第連雲，富比王侯，直至元魏收拾北方殘局，聲勢依然不衰。兒女教育自有一套規制作養成，言語進趨，揖讓送迎，落落大方，高雅自然。民間有句俗話說：「三代為官，才學會吃穿。」穿衣吃飯不是止於吃飽穿暖而已，官宦富室原有一套規矩和禮儀，豈可亂了章法？一般民間生活簡樸，待人接物也鄉土簡樸，不懂這些規矩。世宦之家怎堪墮落祖先家聲？門當戶對結成兒女親家，才能把大家規矩延續下去。看看今日臺灣高官富室的子弟，即使娶進一位艷冠當代的美女回家，彼此生活習慣與方式不搭調，不幾年，無不黯然分手，為什麼？門不當戶不對，那隻飯碗難端呀！

※　※　※

六十年前，男女婚媾，全憑的是媒妁之言，父母之命，男女雙方都不能作主。月下訂情，桑下私會，那可是犯了大忌。越東牆而摟處子，那更是天條不容，父母可以公然處死。許多有情男女，性情剛烈的往往一根麻繩上西天，殉情而死，為人間製造不少愛情悲劇。禮法只是防範蕩檢逾行，執行起來也該情理兼顧，愛有何罪？有愛，人間才煦煦然有生氣。年輕男女既不能私訂終身，那就只有靠媒公媒婆架起一座鵲橋完成終身大事，共營白頭偕老大業。

在男方來說，幸運娶了一位西施，那是命裡簪花。如不幸迎進一個無鹽，那只有自認命該倒霉。

在女方來說，那能挑選男方強弱病健？只有嫁雞隨雞，嫁狗隨狗，自己認命。男女先結婚後戀愛，接受現實，絕對多數能恩恩愛愛過一生。像胡適先生，學問德業，應為我國二十世紀之表，公忠愛國，廉謹持身，臨大節而不變，當是非而不苟。他與夫人江冬秀女士素不相識，婚後無怨無悔，相愛相惜到白頭，尊之為現代聖人，應非過譽。

今天，女人走出閨闈，為學創業與男人半分天下，婚姻大權不再操在父母手裡，全權自主，但太自由又往往踰越禮俗。西風東漸，洋習薰人。許多男女情不自禁，往往是先行交易，擇吉開張，浪漫是浪漫，最擔心的是兒女不請自來。也讓專業媒人失去鼓唇弄舌，兩面誆騙的機會。中共建國，婚姻更加自由，男女訂婚之後，女方立刻自娘家打包行李搬與未婚夫同居，待有經濟能力後再宴請親友，確定婚姻法律地位。這時候往往三四歲的兒女站在一旁觀禮。

這種婚姻可以叫做先建廠生產，再命名品牌註冊。

姐姐的婚事經過一年多媒人的疲勞轟炸，終於接受了黃家的婚姻聘書而告定案。黃家曾祖在晚清時期曾在江蘇兩任知府，家世家業堪稱地方之首。我家雖非世宦家庭，幾代儒業，也算是詩禮之家。富貴有輕重，儒風可對等，半斤配八兩，誰也不輸給誰。

婚約訂定先後，姐姐與黃家兒子未曾有一面之緣相識。別看錯當年女孩大門不出二門不邁的閉塞風氣，其實他們也有他們的手帕交，互相研習詩詞，學習針線，傳言一些地方趣聞以為樂。終於姐姐的手帕交告知姐姐黃家兒子是個癩痢頭。

這一下可叫姐姐惱了，如此如花似玉的女孩，配個癩痢頭女婿，那不等於一朵鮮花插在牛糞上那樣糟糕，姐姐以後那還有臉面見閨閣朋友？

癩是當年一種最頑固的頭部皮膚病，一旦染上，數年難癒，一層層結痂，形成一簇簇痂堆，癢痛相加，搔之流血，慢郎中的中醫為之束手。中共建國後，具有醫學知識的地方青年精英著手研究，找出根源，這才為地方清除此一病害。

姐姐知道實情後，向娘反應堅拒出嫁。

娘以為姐姐耍孩子脾氣不曾理會他，待吵擾煩了，才知道女兒嫌黃家兒子是個癩痢頭，娘這才急了，婚事訂定前，全聽媒人三寸長舌搬弄話頭，那會打聽未來女婿的人品儀容種種呢？

癩痢頭對一位青年的事業學問原本無傷大雅，但未癒前，痂堆星散，病象難看；治癒後，滿頭碎疤，不成濯濯童山，也是雜草間出的荒山，頗不雅觀。

姐姐不認命，待爹回家，他替爹奉上洗臉水熱茶後，僵著臉站在父親身邊不離開。

爹喝乾半杯茶，仍然看到姐姐忸怩不安杵在身邊，不由困惑地問：「女兒，你有話要跟爹說？」

姐姐紅著臉結結巴巴不知如何開口？到最後才迸出一句話。「我不嫁，我要留在家裡侍奉爹與娘。」

爹弄糊塗了，這是怎麼一回事？訂婚前問過姐姐，姐姐一臉羞澀低頭無語，怎麼婚約已訂，聘禮收了，女兒這時候吵著不要嫁。

這裡面一定有蹊蹺？

爹問娘，娘這才道出原委。

爹一臉寒霜責問娘：「你事前為什麼不打聽清楚？」

娘啞口無言，愧怍這樁婚事害了女兒一生。

爹生了一會兒悶氣，自己也覺得有些處事不慎。

「也怪我，只想到黃家與我們聲勢相當，疏忽了黃家兒子的健康長相，事實上我也不曾見過黃家兒子。這件事，關係女兒一生幸福，也顧不得自己這張老臉怎麼擺？我不得不出頭。」爹回顧姐姐說：「女兒，爹答應你退婚。」

退婚豈是一樁容易事，先把媒人召來責備他不曾據實相告，謊騙婚姻，先立於不敗之地，才能得理不饒人。在嚴詞峻語叫媒人轉告黃家退婚的理由，然後託地方人士從中斡旋，往返奔波，費盡唇舌，最後退還聘禮再賠黃家十五擔乾穀才把姐姐的婚事退掉結案。

門當戶對，如果男女當事人聲勢懸殊，輕重失衡，這就成了大門對著人家的屋屁股——沒有好臉色看呀！

※　※　※

姐姐這樁婚姻波折，嚇得媒人一兩年望門卻步。鄉里無人不知端莊先生疼女兒，女兒要月光當鏡子，即使摘不下，他也會持竹竿妄圖把月亮鈎下來。媒人怕攬是非，待姊姊長到十八歲，終於與衡山譚家訂定親事。

譚家住在一處山窩裡，這是南嶽餘脈，山並不高，四周山勢像兩手環抱圍成一塊曠地，中間是水田池塘，高亢處種紅薯、花生、玉米，山麓到山腰種果樹與綠竹，整個家全浸浴在綠海綠浪中，暑不燠熱，冬不酷寒，北風只在樹竹邊緣吹唿哨。富農豐給，也有遠避紅塵的世外風味。

譚家只有這個獨子，半文半武，半農耕半書香，白日忙農事，晚上則在燈下讀書吟詩，一位「或植杖而耘耔」的現代陶淵明類型人物。

老爸與他接談過後，非常欣賞他不慕榮利專治農務的篤實風格；加上譚家家道富裕，田種稻米，山產水果，塘養魚蝦，飼豬飼羊，自給自足，不虞女兒凍餓，便欣然把姐姐許給了譚家。

嫁女兒不是只把女兒吹吹打打送出門就罷了，必須準備一份豐厚的嫁粧，包括全身上下穿戴的衣履首飾和家具。世俗罵養女兒為賠錢貨，問題就出在這裡。嫁奩齊備，才能讓女兒風風光光嫁出門，既免於男方把人看扁，也是父母疼愛女兒最後一點心意。

那時節，正是日寇侵華的中期，東北、華北沿海江浙諸省全在日寇和敵偽魔掌之下，物資不得交流，互濟有無失去通路，內陸地區缺鹽少油數年看不到海產與好一點的布疋。粵桂閩瀕海之區雖可與國外貿易往還，由於海上敵艦縱橫，安全顧慮多，敢於冒生命危險追求利潤的商人也不免裹足不前。處於內陸的湖南更感物資匱乏，即使由粵桂閩三省將民生物資運入湖南，地方政府、軍隊，民防團隊、地方惡霸，逢險設關，遇隘立卡，強徵稅收，販夫走卒，小本經營，所得利潤不高，那經得起如此重重盤剝？他們不冒險越貨，湖南省民只能但求溫飽，有錢也買不到好一點的生活物質。

俗話說：「窮則變，變則通。」老爸嫁女兒應該算是他生命中志業之一，所以他頻頻往返衡山訂購家具，衣櫃門無玻璃裝設以供姊姊化妝用，老爸自己撰詩書篆，命木工精工雕刻，亦頗美觀。那時節，正好有港都大埠富厚之家以及影歌星二手衣輾轉運至家鄉販售，老爸揀綢緞質料女裝買回家，請上好手工的裁縫師傅坐鎮家裡修改，長短寬緊為姐姐量身打造，終於化腐朽為神奇，姐姐出嫁的新衣夏則綢緞冬則毛呢。再僱數十位搬工去衡山把家具抬回家，爹風風光光把自己心愛的女兒送出家門。

姐姐辭父別母去另一家適應新的生活。老爸老娘膝下少了一個貼心的女兒，不時偷偷彈淚有無限的失落感。

姐姐有了歸宿，譚家等於無償僱了一位年輕女傭，洗衣、煮飯、餵豬、飼養雞鴨，清掃屋裡屋外，忙得花容憔悴，身心俱疲。老爹老娘每次探望姐姐回家，便不斷的唉聲嘆氣。姐姐雖然勞累，只能兩掛眼淚肚裡吞，又不忍向爹娘吐苦水，徒然增加父母的傷痛。做父母的又不能把女兒收回家養在身邊當老閨女。

門當戶對造成進退兩難。

※　※　※

一九四九年我離開了家，待我一九九〇年回家探親時那已是四十二年以後的事。爹與二嫂被暴政下的大饑荒餓死。我十九年在家的生活，田裡再沒收成，左右鄰居全可靠雜糧度過荒年，絕對沒見餓死人的悲慘場景。大哥病苦多年，無錢可醫，帶著滿腔苦冤往生。二哥老態龍鍾，拄著拐杖支持他剛剛七十出頭的衰疲殘軀。姐夫亡故多年，姐姐已是六旬以上的枯萎老婦。

譚家因為是地方富農，全家掃地出門，公婆家人紛紛凋零。在那清算鬥爭的紅潮中，姐姐因為是譚家媳婦也飽受地方幹部無理摧殘。

中共建國初期，地方幹部全選用地痞流氓，這批人遊手好閒，欺壓良善，不事生產，原為正派人士所不齒。現在有了權柄，便不由威福並作，有仇報仇，有冤報冤，無惡不作並加倍奉還。事實上，中共不用這類狠惡地方幹部清洗舊社會，消滅異己，新政怎可能推行無阻呢？殺掉舊思想人士正是去掉舊包袱，拔除眼中釘。

手足三人見面，流下的眼淚不是淚，而是血。

姐姐哭著告訴我說：

「弟弟，你終於回來了，你不知道姐姐所受的羞辱有多深多大？由於你姐夫家有些產業，公公曾經放過高利貸，把我當代罪羔羊，在鬥爭會場中我被剝光衣褲跪在臺上挨鬥，那時我還不到二十五歲，清白的身體被人萬目所視，萬手所指，我有何罪孽？我痛苦哀號，無助無援，本想一根繩子吊死，想到手下還有兩個稚兒要扶養，我吞下這分羞辱，擦乾眼淚勉強活下來。」

姐姐傷心一哭，身子一歪就暈厥過去，急救許久才把她喚回來。可見這分羞辱在她心口所劃下的刀痕有多深。

離亂年代，梟獍就是法律是天命，誰榮誰辱？誰死誰活？全憑他一時喜好，無辜百姓全是他們奪權爭位的一面幌子，受殘害的仍然是蒼生黎民。門當戶對是罪過，高華門第也會在梟獍喜怒愛惡中興的興，敗的敗。歷史在演變，萬古長流的時間也會涮洗良善和罪惡，梟獍也逃不過歲月的公正裁判。門第會演變，誰說梟獍是太陽，光芒永恆不息呢？

青春不再，年華已老，門祚衰薄，光華也消，人生就是如此無可奈何，孰令致之？非人自召，梟獍有能力製造淚海血淵。

十五、人間處處皆天堂

天堂我沒去過，地獄我沒下過，我如果去過這兩處地方，今日就不可能在這兒大放厥詞。有沒有天堂和地獄？誰也不清楚。可能這是假設，假設也有假設的深意在。天堂被人形容美得冒泡，地獄則苦得要命，去何處？每個人生前必須做好功課，慎重選擇。西方宗教把那處玄虛杳冥的地方叫天堂，東方宗教叫天國。

天堂與天國是不是異名而同境呢？誰也不曾去過，沒有答案。

如果是同一處地方，總得有位神綜理事務，誰當統領？誰受天命號令天下？東西兩方，數千年來一直不曾遜讓誰霸誰王？單是太平洋這一海域，日本要稱王，越南要稱霸，中共主張有權探勘島嶼海底石油，自己家務事誰也別想插手，印尼、菲律賓也不讓人吃肉不吐骨頭，連遠在美洲的老美，也堂而皇之說是為維護遠東太平洋地區和平安全，保持軍力平衡也要插一腳，臺灣拳頭小，打出去傷不到人，太平島我們也不能拱手讓人。天堂豈能讓天國我帝我王，「朕即天下」？

如果東西方各管各的，討飯也得有個叫化子頭，誰是頭？沒人給答案。

西方比較寬容，好像有點是非不分，善惡無別，凡事在和稀泥；人的生命終結後，不分男女老幼良莠善惡，大門洞開，一律去天堂。東方則不然，去天國不是去超市購物，敞開大門人人請進。你必須生前行善修德，善人去天國，作惡有惡報，惡人下地獄。

天堂也好，天國也好，全在自家心裡。我想人世之外，那有那處好所在？

有些人厭世，厭世不是他的本性，而是大腦內分泌失去平衡產生病象才厭世。實則，這地球有海洋有陸地，有山嶽有湖沼、森林江河、飛禽走獸、米穀雜糧，魚蝦鮮貝，任我們吃喝玩樂，以生以長，以蕃以息，人世間就是天堂，還去何處覓天堂？

※　※　※

天堂在那裡？天堂就是每個人出生地老家。

我老家位於湖南之東，號曰湖南攸縣，很奇怪，三幾十里外的衡山有南嶽山脈綿亙，高矮崔嵬的石山黃土山，迤邐不斷；縣東北與江西接壤，也是崇巒峻嶺，綿接不絕。就是我那處出生地只有丘陵馴服地匍匐地面，像一群柔馴不擾的綿羊。因之，平衍之地為田疇，土壤也甚肥沃，種稻種豆，如無旱災，可以說是年年豐收。

缺少高山峻嶺，景色就少一份聳峙深秀之美。因無高山涸泉，自然不能匯細流為河川，田疇缺少河水灌溉，旱災成了我們農家年年抗旱的天災。

不過，農人雖然笨實，卻是笨有笨法子。正如大陸的口頭溜「上有政策，下有對策」；為了防旱，到處挖水塘蓄水，一旦天旱，就請出老水車應急，把水車尾置入水塘中，轉動車頭轉軸，水就源源自車尾捲上由車頭吐進水溝，戞戞之聲像呪語那樣討人厭，也像音樂般迷人。

水塘多了，當秧田綠油油長得滿田壠像是鋪著一張綠地毯時，水塘映著日光，由上下望，儼同明鏡般亮麗。

水塘泥腳淺的，聽任它滿塘綠波輕搖，供給鵝鴨當天堂，泥腳深必然肥沃，多數都種荷花。

荷花又叫蓮花，真是一種美不勝收的花類。周敦頤先賢一篇〈愛蓮說〉，把蓮花的清芬美質，象徵人品操守特性揭表無遺。我是個俗人，我只愛他葉片寬大蔥綠，夏風來時，隨風搖曳，款擺多姿。但他不隨風倚仰，東來西倒，西來東傾。當風來時，他只微微一側身，復又正襟危坐在綠波中，不動不移。當花綻放時，含苞的，半放的，全開的，將殘的，姿容褪盡只剩蓮蓬的，那種多采多姿的美，即使華麗的牡丹亦難與他相提並論。

牡丹雍容華貴，有一種富貴之家千金驕縱柔弱姿性，蓮花像是鄉村美少女，不施脂粉，一身素妝，也不受嚴格禮教的約束，任性自然。那份美，美在那裊裊步履，腳腳篤實，不嗔不怒，姿容醉人那股真實與憨誠。

農業社會一切就地取材，比如包裹食物的繩子，就用荸薺曬乾的荸莖；另有一種草，青蔥高細，可長至一公尺以上高，眾人專門種植曬乾供應商家當繩子捆繫用，此草名何？我已記不清楚。皆取其韌勁牢靠，如同麻繩般結實。蓮花比之荸薺猶高經濟價值，蓮葉曬乾就可充包裝用材料，蓮子可食，剩下蓮蓬，中藥店列為中藥的一味。蓮藕分兩種，大如臂膀粗壯者為白蓮藕，馨甜多汁，是水果也是佳餚。紅蓮藕節短而澱粉多，厚實誠懇，一副農家本色，既可充菜餚，亦可研磨成粉以沸水沖泡為蓮藕羹，味道清香可口。蓮一身上下全富經濟價值，又富觀賞之美，清謹謙抑，榮謝自得，開時盡情獻出他的質性美，凋時黯然與秋同調，迎著秋風嘆生涯苦短。說真的，蓮花算得上是農家的清客，也是恩客。

土地是農家的母親，她劬勞不辭哺育我們，秋收後，她又忙著擔負起生長黃豆的任務。稻穀收穫之後，滿壠滿野盈溢一股稻稭清香，溢鼻沁肺，我們農家就愛這股熟悉的清香。不十日，黃豆發芽長葉，不一月，滿田壠全是秋風撩亂豆葉翻騰湧起的綠波，層層浪浪，令人冥思遐想。九月中旬黃豆成熟落葉，豆莢由綠轉黃，然後各家各戶忙著採收，農地又赤誠地向主人奉獻他孕育的成果。

冬寒帶來冰霜，北風肆虐，狂野地敲窗扣門，吹得落葉的樹木枝條不住的顫慄亦不由互相抽打，淒厲之聲，像哭喊亦像悲吟，那種毫無忌憚的一波波襲來，像是數千年來游牧民族縱橫中原，掠奪物質與男女，驃悍飄忽，來去無蹤，令人畏懼而顫慄。

大地疲累了一年，他在霜雪冰寒下疲憊地進入冬眠養息。

大哥為了家中大小三餐須有菜蔬供應，仍然在田裡種蘿蔔，在菜園種芥菜白菜……這類冬季植物可不懼北風酷烈，嚴寒逼人，他們愈冷愈益精神抖擻長得蔥茂油綠。老娘摘下幾片芥菜葉，就可炒出一味頗饒農家風味的菜蔬配飯。

春節前，豬養壯了。老法子養豬，必須兩整年噓寒問暖，三餐供食不缺，才能餵大一條近二百斤重的豬。對不起，三年積糧，只為濟一年之荒。兩年三餐不虞，也只為了春節人客來往酒宴菜餚不寒酸，只有委屈豬哥豬弟捨身奉獻，為家獻出自己，半邊出售備辦過年物品，半邊醃製腊肉。客人蒞臨，固可大快朵頤；一家大小辛勞一年，也有葷菜慰勞自己。

春節自初一到十五共半個月，親朋戚友此時互相來往，把忙忘了的情感重新維繫在一起，留茶留飯留宿，一住三五日是常事。姑姑姐姐自各地回娘家，三餐飯有家釀，有葷腥；勸酒勸飯勸菜，惟恐客人不飽不醉，不能盡興而歸。然後互相來往拜年，是親情聯繫，也是短程的春季旅遊。

豐年時，尚有春節遊藝節目，舞獅舞龍踩花船，漁夫戲蚌，鑼鼓喧天，年輕男女盡興玩樂，直玩到元宵過後，農忙又是一年伊始，家家扶犁叱牛，翻土犁田，準備這一年的豐收。

春花次第開放，茶花白遍山坡山凹，野杜鵑每年就靠這陽春三月炫弄一下艷色，楊柳迎風飛舞，布穀鳥擔心大家忘了農事，整日不斷的呼叫「割麥插禾」。

生活像鏡子，年年如斯平靜無波，又像一序律的歌曲，生生世世就是如此唱下去。中原爭地爭王的烽火燎不到湘東這一隅，這兒平凡無奇，無風無浪，不是人間天堂是什麼？

※ ※ ※

當臺灣尚只有台視、中視、華視三家無線電視台時，施政當局迎著時潮，漸漸開放讓國人思想行動走出舊有窠臼。

這時節，我們攸縣才子文從道，他的思慮比別人早跨出百步之遙，他製作《放眼看天下》這個節目供國人觀賞。由美惠的靳秀麗小姐主持，靳小姐當年一位二十出頭的妙齡女郎，人美氣質好，口才辯給，語言清晰，娓娓報導，不疾不徐，讓人有與她同遊之感；她的美慧增添了節目的可看性，各地的名山麗水人文景色襯托出靳小姐的資質不凡，令許多觀眾為之擊節稱快！

文從道為我攸縣六輪陂文家後裔，文家先人在清朝九代為官，一大片屋宇，雖非雕樑畫棟，繪椽飾楹，卻是堅實的火磚建造，佔地廣闊，像農人本性，結實而厚重。由於屋宇連棟疊楹，容積率大，抗戰中晚期，蔣夫人租借文家大宅為教養院，收容國家忠貞遺孤與流亡青少年給予教育。教養院遷走後，吃了熊心豹子膽的日軍已呈強弩之末，由縣長余公倩先生興辦的攸縣臨中包括高中初中師範三部近數千位師生，由湘贛邊境山區黃豐橋遷入，吃住上課運動尚未佔用到文家大宅三分之二房子，可見文家當年氣勢之盛，財力之雄。如今雖已沒落，依然鼓倒架不倒，文家大宅氣象仍舊巍然迫人。

文從道先人為清朝九代名宦，名宦後裔自然性情佻達不羈，對事物較人獨具銳眼，他能寫善道，才氣縱橫，所製作《放眼看天下》節目，給了國人知識，也提昇了國人眼光胸襟看法和想法。

在那個時段，我幾乎是摒百冗而專待靳秀麗小姐娉婷出現，帶領我觀賞全球各地的好山好水和人文風光。

我常常想，窮與富是不是命定？為什麼有人一出社會創業就能掙得龐大身家財產？有人兢兢業業、步步穩當，卻只能圖得個三餐不餓肚皮？一個人沒錢，要想遨遊世界，足跡千萬里，看遍全球名勝古蹟和歷史文物，那豈不是一個陽春夢？

幸好《放眼看天下》節目，讓我也能足不出戶，心與天下共呼吸。雖只一鱗半爪，不能盡興得窺全貌，能夠略知梗概，比井蛙觀天應該算是略勝一籌。

當我看到全球各地的山水風光、人文建築、文物典藏、風俗物產、男女衣著、飲食文化，我不但羨煞，也不禁體悟出這世界真美。

以後有線電視台相繼成立，節目推陳出新，讓我們眼界愈來愈寬，激醒我們思想愈深愈綿密。我想，活在這人世間真是一生的大幸福。萬物中只有人類才能如此恣肆地開啟地球寶庫而吝於付出一分代價，卻把這筆爛帳留給兒孫背負，我們愧對天覆地載的大恩大德，也透支了兒孫的福澤。幸好天地仁慈仍然給我們美山美水與豐富的食物……

我們生前死後都在找天堂。世界各地的通都大邑、山區小鎮、湖濱農舍、林下居家、餵羊畜馬、遊釣耕作……那不就是我們的天堂嗎？還去那裡找呀！

※　※　※

大愛電視台播報蘇俄位於北極葉馬耳半島涅涅茨民族在凍原上飼養馴鹿的生活影片，讓我十分動容。那兒雖是北極，酷寒難耐，但空氣清新，毫無汙染，涅涅茨居民習慣而自然，極端熱愛他們的土地和生活方式，那兒就是他們的天堂。在我這個遠在亞熱帶臺灣人的觀感裡，也是心目中的天堂。

涅涅茨民族所飼馴鹿，每家都是數百頭，待牠長大可以出售時，即給予屠殺，屠殺前尚有儀式為馴鹿祈禱，代代相傳，再把鹿皮出售給收購商人。所謂祈禱儀式，只不過是良心上的委過卸責，減輕自己集體屠殺的罪惡感。人死不可復生，獸死豈能昇天？祈禱無補於殺生的罪疚，但涅涅茨民族要活下去，活下去就得找到一種延續生命的方式，他們以游牧為主，即使集體屠殺，我們也不能厚責。

當馴鹿屠殺取皮後，鹿肉如何處理？我未看見節目中有報導。一隻鹿體重達千斤，數十百隻馴鹿集體結伴上天堂，鹿肉不是一個小數目，憑想像也知道是充作養鹿人家的糧食，如何收藏？如何烹飪？這也是民族文化的一種形態，我卻不得在節目中一窺真實情況，深覺可惜。

鹿吃水草，所以居民逐水草而居，一旦遷徙，立刻收拾帳篷，交由壯鹿馱載，定居後即搭起帳篷為家。

居民一身上下全著鹿皮衣褲，就地取材，利用厚生，可見北極酷寒實情與人類謀生智慧之巧奇。

葉馬耳半島原為北極荒地，老天不厚此薄彼，陰為以有餘補不足，半島蘊藏豐富天然氣，商人在那兒建立基地，開發藏量，於是，公司員工眷屬和嚮往那兒生活和求職者，輻輳而至，群集而居，建造新式雅緻居屋，開拓道路，設置商店，成立學校，居屋鱗次櫛比，道路交錯縱橫，大小車輛穿越馳騁，成了寒凍極地一處現代化都市小鎮。

蘇俄政府為了教育涅涅茨民族的下一代，自六歲開始到高中畢業，全額公費供應食宿。游牧民族居住不定，廣漠的凍原都是他們的家，政府為聚集這些受教育的孩子，乃用直升機在天空搜索，發現有鹿群出沒，立刻降落，請孩子登機回校，不論年長年幼，自幼稚園到高中，一別父母離家，需要九個多月後才能由直升機送回家團聚。

如以現代思維思考這檔子事，蘇俄政府對原居民的關愛不為不厚，但涅茨民族不喜歡天然氣公司在那兒鑿井開發，破壞他們清麗的居住環境和生活方式。許多受過教育的孩子，有的直奔莫斯科進大學深造，有的仍然心懷故土，回來過他們祖先奕代相傳的謀生行業與重衣厚帽的寒原生活，發誓永不更改祖先家法。

他們自由快樂過日子，簡單篤實，歌笑自得。高樓大廈，笙歌管絃，美女霓裳，他們不羨慕也拒絕接納，他們只愛自己的生活方式，以天地為床帳，友山水而群麋鹿，任性自適，寢食其中。你說說，那不正是他們的人間天堂嗎？

※　※　※

三十八年七月，我隨部隊到達贛粵閩三省交界一處三叉地山麓村莊，在未進入這處山地村莊前，三面高峰夾峙腹外有一片較為廣闊的耕地，稻穀剛收，水塘綠波漣漣，綠竹倚坳葳蕤而茂密，應該是村民仰賴衣食的福地。稻草圍成圓堆積疊在田埝上，與我老家農村風貌大致相同。

福建是山的故鄉，江西廣東既然與之接壤，當然是沾親帶故、血脈相連，也是山嶽的姨表兄弟，不讓福建高山佔盡天地風光。

此處山村，三面都是高山，而且全屬巖質，依我預估應該有四五百公尺之高，直達天際，巖隙處叢長著與山風抗爭而成傴僂奇古的松樹和雜木。七月本是秋陽酷烈的三伏天，因為三面環山，道路通過處成了風箱出口，兩處風箱的風往山窩進出，再找出路向田疇那面方向迴環，所以，雖是初秋，卻是涼爽宜人。

山村屋子全倚建在山腳下，依地勢高矮而居家高低不同，因為山系巖質，不必擔心雨大走山或土石流這類危機。

右邊一條可通車輛的山路到廣東，左邊那道也可行駛小型車輛的道路到福建，迤邐紆曲，倒也平坦。

村民居屋皆為木構，隨著山底崖盤高低聚落為村莊，約有二三十戶人家，因為是入閩去粵的關隘，也有小客棧小商店在營業，客旅不多，到此歇宿用餐的仍然不少。前路迢遞，不吃飽睡足補夠熱能，行人就會因缺乏燃料而半途拋錨。

沒有諠譁，也不繁華，沒有電燈，也無音響，入夜之後，居民不是點油燈就是燃松柴當照明，安靜而幽謐。兵燹不至（抱歉，我們七五師二三團到達該村莊，並未兩軍殺伐、殺人放火、危害居民），兵雖至而燹未生，烽煙不來，男女老幼個個從容自在，中原早已易主，他們卻根本不知道外面世界已然蟻潰魚爛，令人有世外桃源的感覺。

當晚，我們住在那兒，夜色與高山陰影提早覆蓋住村莊，晚上除了風聲和夜鶯偶然一聲驚夢啼叫外，沒有任何雜音擾人清夢。次日，天未清曉，愛好早起的鳥叫聲，吵得人不得不起床浣洗，百鳥和鳴，迎接旭日東昇。那種山居之樂，應該不是中原為爭大位架機槍撥大砲殺人如屠狗之輩所能想像。

沒幾日，我們到達廣東平遠，部隊在平遠東石停留一週。局勢雖不安靜，平遠縣也早有土共潛伏滋長的勢力等待「收拾舊山河」，當我們大軍抵達時，自估強弱易勢，主客失衡，早已蟄匿不見蹤影了。

有一天，我信步在田間散步，只見平疇綿接，村落屋宇整齊可愛，當我轉到一家綠竹圍繞的農家時，我發現這戶農家頗饒詩意，綠竹外沿有口水塘，荷花仍然蔥翠，未曾早謝的花朵，依舊盡興的綻放，部分枯殘的荷葉懸垂在枝莖上，雖然盛容不再，卻可窺見一種殘而不屈的傲氣。

此家主人想必是位雅人，他在塘邊建一涼亭，紅柱綠瓦，中國古園林式的建築形式，內設木桌木凳，料必是為夏日賞荷品茗用，亭柱上尚張貼幾首詠荷詩。亭上面是俯瞰的菁篁弄姿，亭腳下水塘裡則是妍衰各半的荷花供人觀賞。水塘面積很大，自岸邊涼亭建有木質迴廊直達塘中心同樣型式的涼亭，自然是歇息納涼所在。魚群因氧氣不足，群聚水面喋唼，估計當在三五斤以上重，塘岸種植垂柳與芙蓉，柳條尚未落葉，依然裊娜生姿；芙蓉正在盛開，粉白嫣紅，艷色迷人。

我向竹園望去，居屋是標準左右環抱唐式建築，前面是晒坪，再以矮牆隔出內外。雞鴨不管世亂時蹙，照樣優游自得呼伴啄食，咿咿咯咯唱他們自己的歌。狗見生人，當然免不了吠叫幾聲，表示未虧職守，守土盡責。其他散居左右的民家，也是同一型式建築，那種氣氛相當幽靜而寧貼。有些男女進出，還朝我點頭微笑以示友善，看表情和手勢，大概猜得出是邀我進屋小憩。那時節我只十九歲，一個稚嫩小兵，空手赤拳，對他們絕無意外之憂，所以居民敢於輸誠，我也自知有所進退搖手示意回絕。

自湖南江西福建廣東，數月來曉行夜宿，奔徙不遑，不僅體力疲憊，也感人生渺茫。今日看到此處農家大貌與老家相彷彿，日出而作，日入而息，養家禽以豐飲食，畜魚蝦以厚收入，安分寧靜過日子，幾乎是「不知有漢，無論魏晉」的桃源生活，我多羨慕嚮往。

我累了，假如有人給我一個家，一塊農地，我真願就在此處落地生根，何必棲棲遑遑奔前程，謀事業？覓天堂？天堂不就在我眼前嗎？

※　※　※

四十四年，部隊進駐成功嶺。

當年的成功嶺荒廢破敗，一條高低不平的主要幹道，能夠通行車輛，卻是凹凹坑坑，殘破不堪；幾棟日式營舍與美援營舍，形式各異，既不調和，亦覺互不理睬，好像世仇頗深。

我們到達後，修馬路、整操場、建靶場、清理雜草……幾個月後才看出一點新氣象。接著就是擔負起召集教育和人專暑期集訓任務。

自四四年到五十六年，我都擔任一所醫務所也可算是芝麻大的「主任」職務。當時，官兵休閒盛行逛「軍樂園」，喝清茶，打檯球等娛樂。每日晚餐後，幾乎是傾巢而出，學田村一條小街道，熙來攘往，人滿為患。

每人有每人消閒時間和方法，別人外出，我則搬一張椅子坐在醫務所門外，浴著微微晚風，背對著氣息奄奄的夕陽讀書。想散心時，就去五十公尺外一座墓園的石凳上閒坐片刻，再回醫務所挑燈夜戰。

有工作，吃住有所，我的心安定下來，沒有未來遠圖，倒能安心在書本中找到一盞照明的燈。

四十八年春，我結婚了，主婚人為時任上校團長宋心濂上將。壯年有了知心愛侶，那能嚴禁他卿卿我我，相偎相依？此為人性亦屬情愛的真情實貌，三皇五帝不能免，先聖先賢不能絕。每日晚餐後我便偷偷溜回家探望愛妻互補心身寂寥。

宋心濂先生任滿調國防部任第三廳廳長，蕭承璟上校接事。

醫務所規模雖然不大，我大小也是一位主管，行止可以自由，出入也頗方便。離家十年，父母之愛，手足之情，全部隔絕，此時有了自己的家和伴侶，當然喜心難禁，早晚點名便不時有缺席紀錄。

醫務所隸屬團部督導，團長蕭承璟上校，個型矮小，人極精明，管理部屬也極嚴格，但缺少一分推己及人的仁恕德性，心地也很良善，以語言教人導人的功力卻是十分到家。也怪自己迷於家室之愛，忽略了早晚點名必須應時喊「有」，才可免於自我折磨的警覺性。

有了幾次早晚點名缺席前科，自此團長對我「特別照顧，恩愛崇隆」，認定我頑劣不馴，是個十惡不赦之徒。每週一次團朝會中，當著二千多位官兵先點名在下，只要我在隊伍中應了「有」，他不再點名第二位，立刻開始訓話。如果我未參加朝會應「有」，我們偉大的團長當眾宣布我的罪狀，除了未將我綁赴刑場一槍斃命之外，任何羞辱的言詞，蕭承琭上校既不嘴上饒人，也不高抬貴手讓我低姿通過。

我問自己，我有何罪過？我既不為非作歹，也不作奸犯科，我只是名正言順娶了一房妻子，與妻子作短暫相聚而已，就該為此被言詞凌遲得體無完膚，求生不得求死不能嗎？

人性很微妙，仁恕之間掌握得讓人懷德感恩，永生難忘也很微妙。

在那咄咄逼人的環境中，我仍然依法行政、新兵體檢、預防注射、門診送院、環境衛生……樣樣按規矩行事，也不曾沮喪喊日子難過。

苦日子終於熬過去了，團長任滿調職，我未逢大赦，至少我卸下了精神上的腳鐐手銬。

在成功嶺一待二十二年，那地方在我們辛苦經營之下綠樹成蔭，環境幽雅。別人視軍營為囚室為地獄，千方百計要脫下軍裝回歸為民，我則安之若素，讀書寫作，做我自己想做的事。那兒是天堂？天堂在我們心眼裡。我的日子過得正常而自然，滿足而豐富，自己也成長而成熟了，不為得失喜憂縈心，沮喪時我去台糖小鐵路走走，思路閉塞時我找書籍中的智慧哲語為自己開條通路。每週六回家抱抱兒女，向妻子吐吐苦水。一個月四週，儘管第四週愛妻以「鮮大王」醬油泡飯打理這一週的每日三餐。過春節時，常常荷包乾癟，帶妻子兒女回娘家，來回車資都要早為籌措，更別說帶點孝敬岳父母的伴手禮。但我與妻兒子女過得豐實而快樂，內心沒疙瘩。因為我們熱愛生命，熱愛人世這小小的擁有。自己不給自己築條死路，任何處所都是天堂。

十六、遶湖一週

我老爸在花石壠教書，寒假，我會偶然一次被饒過不必去接受老爸鞭策；暑假，縱然是受酷刑，也得冒「九死一生」的苦楚去聆聽老爸詩云子曰一個月以上的父訓。

大二哥真是老爸的兩個孝順兒子，年年只要我暑假回家，喘息不到三日，這二位「仁兄」，不是大哥就是二哥，立刻忠誠不貳地送我去老爸那兒補習，從不怠忽職守。

所謂補習，表示在校學得不夠，大腦肚皮仍有許多空荒地須待老爸勤苦翻土施肥，再補種一點作物，讓空荒地才能看得出一點綠意。

在學校，老爸耳目所不及，說句良心話，鬼混時間多，真心用功讀書時間少。跟老爸讀書，老爸的教鞭可饒學生，可不饒自家兒子。老爸教訓兒子時，鞭子抽人格外賣力，最怕打兒子打得不結實沒功底。

去，不敢在家瘋，真有一百個不願意；不去，慈命難違，嚴命不敢拒，大哥二哥像閻王爺派來索命的牛頭馬面，一點不通融，硬是押著上路。

到達老爸跟前，嘴巴再笨，也得恭恭敬敬叫聲「爹」。

大二哥怕爹，像是老鼠見到貓，既已把弟弟押送到老爸跟前交差，任務已了，絕不指望老爸請房東留吃一餐飯，立刻借故往外溜。

「爸，我要趕回家翻藷藤。」表示自己盡忠職守，日日夜夜不敢荒蕪農事。我知道哥哥不是有意表功，實在是怕看老爸那張嚴肅的臉。

所謂翻藷藤，是因為藷藤無休止地猛長，只要藤貼近地面，為了補足營養，它會自動生根，藷為根塊植物，中間生根結藷，便會分去主根已經結藷的養分，結果兩處結藷都是瘦骨嶙峋，影響收成。必須把藤自順長方向翻至逆長面，斷絕中間根塊的養分供應，如此二三次阻礙藷藤愛情走私，所以我大哥種的紅藷收成時一條根結十幾二十斤，全像木瓜大頭菜那樣大個子。

哥哥撒謊，我內心有數。分明是小鬼少與閻王爺打交道，能走多遠就走多遠。

老爸外表很嚴肅，實則心地很慈祥，他的愛藏在我們兒女看不見的地方，必須待長大成人慢慢反省琢磨，一件件拿出來檢驗才體會得出。

老爸教訓我們兄姊弟四人，姐姐是他心肝，從來不捱罵，訓大二哥和我頂多瞪大眼睛罵一句：「不成體統，不成體統。」家中家法，學堂教鞭，只用作嚇唬人。從來不像我老娘打我這個小兒子，等如打著好玩，三兩天按課目表修理一頓，正像北方人的歇後語——陰天打孩子，閒著也是閒著嘛！

老爸勘察佃農旱蟲災害要減租時，他會帶我一塊去勘察。這裡面可能有兩層含意。

一、讓我認識自家田地在何處？何人租種？提早進入家庭事業。

二、勘察減租之後，佃農在老爸一句話中可少交五擔六擔乾穀，招待一餐飯，所費不多，老爸斯文，事事替人設想，吃得不多。讓正在成長的兒子多沾點油葷，或可避免兒子提前枯萎。

回家時，老爸會提前吩咐：「明日我們回家。」

這意思不是帶著我為他壯膽，而是有個其貌不揚的兒子跟著，未來是他的衣缽傳人。雖然所傳非人，會讓侯家統緒失墜，好壞是個指望，提早向親友宣告：這個不肖就是我的指望。

中元祭祖，老爸帶我回家，路過竹塘，一口水塘水面寬廣得不知其幾十里面積，它擺在我眼前，氣勢懾人，也美得驚人。最美的是凡水淺泥深的地方，全是田田蓮葉與正在大逞艷姿的花。

我沒有周敦頤先賢那樣道高德深文采耀人的修養，我與先賢的品味相同，同樣地愛慕荷花，欽羨荷花。

我看得好驚訝，我想留下來多與此塘和荷花親近一二日，我向我老爸說：

「爹，我想在竹塘多留一二日。」

「幹什麼？」爸板著臉問，懷疑這兒子大腦出了什麼岔錯？

「這口水塘好大，種這麼多荷花，比花石壠小水塘的荷花氣勢壯闊，我想留下來想想事。」

「小孩子有什麼事好想？」

「有啦……爹，小孩有小孩的想法。」

我不怕我老爸，我只怕老爸的鞭子，平常讀書習字作文試作詩詞，雖不成章，總會像擠牙膏般擠成老爸希圖那個樣子。又不吵著吃好穿好，安安分分作兒子讀書幫農事，我看得出老爸多少愛我比較厚些，所以我才敢大膽提出要求。

「你不吃飯？晚上睡那裡？」

「人家會收留你嗎？」

「我同學秋林就住竹塘，我們情感好。」

「應該會，秋林來我們家，娘也留他住好幾天。」

「我不放心，爸帶你去拜訪他父母。」

老爸帶我去秋林家，秋林父母一見老爸蒞臨，歡欣之情溢於言表，我們兄弟並不覺得自己的老爸有多偉大？老爸就是成日冷著臉不苟言笑的老爸。但在這方圓四五十里之內的人家，都尊稱老爸是一位有品有學的搢紳。今日突然蒞訪，秋林父母是兩位篤實務農的伉儷，感到格外有面子，滿口應諾說：

「侯先生，你儘管放心，你少爺住我家等如住自家家裡一樣，我秋林也好有個伴。」

我就在竹塘秋林家住下來了。

※　※　※

舊式學制，小學五六年級，遠程的必須住校，也是因為教育不普及，一個鄉鎮才有一所五六年級的中心國民學校，僧多寺廟少，為了求法，大小和尚不住寺廟住那兒？我與秋林同時住校，同窗共硯，同桌用餐，同室睡覺整兩年，當然交情比人深。

農家沒有娛樂，也沒夜生活，農曆七月正是初秋，秋熱跟著暑熱之後，白天燠熱難耐，夜晚，倒是涼風習習舒爽宜人。

晚飯後，我們坐在院子納涼，天空一彎眉月初昇。周伯伯拉得一手好胡琴，他調整琴絃，一股幽怨悽惻的聲音自琴弓中幽幽播出，令人泫然欲淚。周伯伯說他是拉的「昭君怨」。一位明麗幽靜的少女，為了國家安全，全民康寧，辭父別母，遠涉數千里之外下嫁胡人，前途漫漫，風砂瀰天，回首鄉關，已在雲山之外，黃塵與車輪競飛，內心那分淒楚與無奈向誰泣訴呀？

蟲聲唧唧，似在呼應琴絃的抖動而與昭君同聲一嘆。

我問秋林：「這口水塘有多大？」

「誰知道？本來就這樣大嘛！」

算面積，我知道程式是長乘寬，這水塘彎彎曲曲，歪歪扭扭，就像是個性格彆扭的年輕人，鬧起脾氣來，好說歹說反正他不聽。這面積如何算呀？

「秋林，你們真好，天天可以看荷花。」

秋林得意回道：「不但看荷花，還摘蓮蓬，吃新鮮蓮子，挖蓮藕，煮湯快炒都好吃。毛仔，你晚餐吃的蝦子味道怎麼樣？」

「好吃，全都是肉，好結實。」

「就是我在水塘撈的。這口水塘的蝦子真多，誰家想吃，隨時去撈，保證豐收。」水塘除荷花外，水草豐茂，蝦子在食物豐足的生存環境滋長，不愁吃喝，長得短小精幹，像練拳術壯實的農家憨小子，長得一身精壯的肉，比臺灣特產櫻花蝦一層皮包骨，兩個一比就比出界了。

「明日帶我去撈蝦子。」我提議。

「不急不急，多住幾日，我會帶你四處跑。」

「秋林，明日我要沿著塘堤走一圈，看看要費多少時間？」

「你呀！吃飽了不舒服，怎麼突然興起這個餿主意？」

「我住你家，就是為這個。」

「這也當正經事辦？」

「當然。」我認真回說：「我老爸事事有板有眼，他也沒反對。」

「神經。」秋林罵我一句說：「好吧！我幫你。」

怎麼個幫法？我不清楚。

※　※　※

我們中國把水的大小疾徐作了許多分別，比如洋、海、江、河、湖泊、池沼、塘等等。洋當然大於海，湖大於泊，像洞庭鄱陽、太湖、巢湖、洪澤、玄武等湖，都是方圓數十百裡面積之廣。至於泊嘛！像水滸傳中的梁山泊，新疆的羅布泊，也是湖面汪洋，風起時浪湧濤翻，舟楫不得行，旅人不得往，不是小鼻子小眼睛一泓淺水而已。至於池、沼、塘是地位相等？還是大小有等差？沒有人給我結論。

第二日清晨，周伯母沖一杯藕粉羹給我墊饑。

秋林持著幾根香說：

「你自這裡出發，沿著塘岸走，塘岸很寬，大家常在岸邊網魚撈蝦，所以，雜草不多。你一起步，我就把香點燃，燃盡一根香，你沒回來，我再燃第二根，看你要燃幾根香才能回到原點，這就算是這口水塘大小。」

這裡面又有玄虛，這是時間，不能算是寬窄大小面積。

如果我走了兩根香才回到秋林家，人家問：「毛仔，這口水塘有多大？」我會回說：「我沿著塘岸要走兩根香才走完。」兩根香燃完，究竟是多大？仍然不清楚。

犁田播種有時序區別，沒有時分依據。一日三餐，春耕秋收，全看太陽影子辦事，天亮起床下田工作，肚餓回家吃飯，主婦烹煮三餐，觀察太陽陰影舖至何地作準備，便可準時三餐不誤，沒有鐘錶按時提醒你催趕你。

有錢人家買座自鳴掛鐘看時間，這鐘飄洋過海來到我國農家，他也不水土不服，也不嫌中西生活風習異宜，一日一夜响廿四次，雖然慢條斯理，不疾不徐，絕不擺著洋人那副高姿態，以為自己高人一等，他不，他盡忠職守，永遠不慌不怠。

鐘日日夜夜走，機械遲鈍，或鬧情緒怠工，快慢十幾二十分鐘是常事，農家不爭這點時間快慢，反正有充裕的時間供他鬧彆扭，怎麼鬧，一日一夜二十四小時一分也不少，全不計較。因之，自鳴鐘走一年半載，東邊那家是早晨七時半，西邊那家可能已是八時十分，大家寬宏大度，一律不計較，讓他自由運作，早晚快慢一切聽便。

一般人則以點香計算時間，如練武術蹲馬步，師傅說：「半根香功夫。」香有長短，半根香要蹲好半天，半根香時間是多長久？誰也說不清楚。

秋林點燃香，我立刻跨步沿岸走。

我是專門測量水塘大小才奉老爸核准留住秋林家，所以只管一股勁兒走路，沿岸景色樹木竹叢和驚起鳥群撲撲亂飛，我全沒放在心上。

像朝山進香，我怎麼會這般虔誠？我老爸居然點頭同意呆兒子這種傻幹。

太陽剛出山，沒有正午那樣火氣旺時情緒暴烈，熱力仍然不減。好在秋風體貼，帶著幾許涼意，吹在身上，像我老娘不揍我時那隻溫柔的手掌，不燠熱難耐反而覺得遍體通暢。

我一步緊接一步，岸旁農家犬吠不止，景色如何？我全顧不得，只管一步緊接一步往前衝。

出門前，忘記請周伯母為我備點水。

農家沒有水壺備用，比較具有遠慮的父母，常常會鋸一截短節竹筒，節距上戳個洞，兩側留兩隻耳朵，拴上麻繩，可以掛在肩上隨身走動，灌進水就可充水壺用。土是土，土得有實用價值。

此刻口渴了，一時無法忍受，只有掬兩握池塘水潤潤唇舌。好在塘水並無汙染，農家種稻植蔬多用有機肥料，沒有今日所謂化肥，有機肥料經過雨水沖洗太陽曝晒，滲入水塘亦為塘水稀釋，對人體無大傷害。

一步接一步，居然愈走愈起勁，我突然覺得自已有這股牛勁十分可笑。水塘大小，干我何事？一時好奇，倒把自己累苦了。繼而一想，做人做事總要有點好奇心才顯出生命有活力有熱勁，凡事好奇，好奇便會不斷思考，探索，發現問題，探求真象，世界文明就是如此產生，人的事功，學術思想，文化發展，全由這分好奇作引子。傻勁作動力，然後才能覓得真象，燦開花朵，結成果實。

走到塘尾，我忽然發現竹塘地勢塏爽，塘以下則全成傾斜形向下滑。我站在高處略一觀察，顯然這口水塘原來全是一片空曠窪地，左右山腳向同一方向伸展，到達水塘底立刻收止縮腳。竹塘下方耕種的先民，為了蓄水灌田，便在塘尾築壩攔水，那一大片廣闊的田疇，包括我老爸教書所在花石壠的農人，一律仰賴這口竹塘蓄水灌溉，才有收成。居住塘兩岸的民家，乃是水塘形成後才在山腳較為開闊地開墾成梯田、建屋種樹種竹，才形成今日這副風貌。

當時年紀小，沒接受現代知識，依推想得出這個結論，對證今日全球各地的水庫興建，都是藉左右兩山作環抱狀，然後因勢建壩，才能蓄水成湖，養活生生不息的人類。

以後，我把我這個推論告知我老爸，老爸認真看了我幾眼，微笑點頭說：

「不是聞一知十的料，倒會推想求結論，不算太聰敏，也不太笨。」

不算誇我，也沒十分貶我，顯然老爸微微的貶詞中多少帶有一點嘉許意味。

以後，我老爸告知我竹塘的一些歷史傳聞，他說：

「元朝末年，政治腐敗，賦斂苛重，民不堪命，且以無文化修養之野蠻民族入主中原，統治富數千年歷史文化蓄積之厚，孔仁孟義人文修養蘊含之豐的中華民族，荒疏任用文人，迷信高壓統治，耽於淫樂，沉溺酒色，激醒人民群起反抗。朱元璋、張士誠、陳友諒、方國珍均擁兵抗元，只是把中原逐鹿之地移往江南數省而成為烽燧攘奪之域。竹塘高德禎原為陳友諒舊部，陳友諒與明太祖朱元璋爭帝位，累為太祖所敗，鄱陽湖一戰，友諒於舟中中流矢亡，陳友諒自稱帝國號漢，前後僅止四年即敗國亡家。」

相傳陳友諒祖籍湖南茶陵，友諒祖父父親以船運起家，自茶陵經攸縣藉洣水舟楫達湘江過洞庭湖遠涉長江，後乃家於湖北沔陽。陳友諒稱帝時，茶陵攸縣醴陵湘潭年輕子弟皆蜂擁相從，高德禎早從陳友諒追奔逐北，意欲乘此建立功業，為漢之開國勳臣，友諒敗死軍潰，高德禎黯然回家蟄居歸農，思及戰火所至，民無孑遺，不由生趣頓失，乃召其表弟囑咐道：

「表哥在這兒為家，常年缺水，雖有幾塊田，若遇天旱，全然無收，我不曉得老祖宗為什麼選在這裡落地生根？因為年年歉收，所以表哥至今未有家室；高氏一族也不昌盛。表哥把這事託付給你，這竹塘凹地為我高家祖產，如在出山口建一攔壩，這處就是一座不算小的水湖，竹塘四週居家可以靠水種稻種豆，花石壠那一帶十幾萬戶人家也就不愁大旱缺水灌田了。表哥拜託你去花石壠一帶跑一趟，說是我要把地捐出來建水壩蓄水灌田，那邊的地方人士，一定會高興帶頭做這樁事。」

「表哥，你為什麼不自己去號召？」

「表哥要離家。」

「去那兒？」

「不一定。陳友諒國破家亡，朱元璋氣勢已成，將來會登基稱帝，表哥做過陳友諒的部屬，朱元璋當了皇帝，他的地方幹部一旦翻舊帳，表哥還有好日子過嗎？」

「所以表哥打算走得愈遠愈好。」

「就是這意思。到了外地改名換姓，這一生只有另起爐灶了。」

最後，老爸作結論說：「這不是歷史傳聞，而是真真實實的歷史事實，我們家族譜，朱家錢家族譜都有這一章的記載。竹塘自明朝初年就建壩成湖了。」老爸所說，我至今未忘。

走呀走，走到太陽爬昇到頭頂，我的衣衫盡濕，肚子也轆轆作響，終於回到秋林家，秋林舉起手上的燃香說：

「兩根半香之久。」

走了兩根半香的時間，這口水塘究竟有多大？依然不知道。我們計算的是時間不是塘的面積。

秋林帶我去水塘婦女浣洗衣物的石岸邊洗去一身臭汗，換上秋林的衣褲，周伯母呼叫我們吃早餐，有辣椒炒乾蝦、蓮藕片、筍絲、鹹鴨蛋，我整整吃了三大碗紅諸粥。

※　※　※

秋風把太陽的熱氣裹在懷裡一塊吹，沒多久，衣褲乾了。我換上自己的衣褲，便向秋林告辭，秋林一把拉住我說：

「怎麼可以說走就走？至少要留兩日，下午，我們去撈蝦子，挖蓮藕。」

十幾歲年紀，在那個時代，雖說不知道疲累作何解釋？畢竟急遽步行了兩根半香時間，真的有點困乏，我便在秋林家客廳長板凳上酣然入夢，應該說是睡夠了才醒來，只見秋林早把撈網，魚簍等準備好擺在地面。

「你還要不要再睡？」秋林問。

「夠了。」

「夠了就好，我們去撈蝦子。」

秋林是竹塘的常客，自幼生長在水塘邊，把玩水當作日常生活功課，虧得周伯母夫婦不擔心兒子一頭栽進水裡淹死，老天也特別眷顧他，並沒把他淹死。

我們一前一後走到一處人少的地方停住，沿塘岸全是附近村莊的男女小孩在撈蝦，嘁嘁喳喳像一群爭食的麻雀。

秋林命我坐在石塊上，他「咕咚」一聲躍進水裡。我急著喊：「秋林，你幹什麼？」

秋林詭譎一笑，搖搖手示意我不要張揚。

秋林泅進荷花叢中不見影子，我環視這水塘可能有五分之一面積全是紅白相間的蓮花，花下則是綠如碧玉隨風搖曳的蓮葉。那氣勢說是鋪天蓋地絕不為過。有的蓮蓬早已枯黃，有的蓮蓬正是青春年少的青玉色，蓮花開謝含羞帶嬌，豪放裸露，半掩羅衫，簾裡偷窺，各有姿態，真箇是天地之美的大集合。

我老爸教書所在花石壠也是處處池塘處處蓮花，那種格局較為狹小，與這水塘堂堂蓮花陣勢相較，顯然遜色多了。

秋林光著屁股下水，好半晌他捧著十幾隻蓮蓬上岸說：「把蓮子剝出來，扒掉皮，就能吃，很清甜。」

我從沒吃過生蓮子，也沒喝過蓮子湯，按照秋林教我的方法，輕輕咀嚼蓮肉，一股清甜香味直往鼻腔胃納上下衝，果真是齒頰留香。

我狐疑問：「這些蓮子可以隨便摘嗎？」

「這口水塘是大家的，怎麼不可以？」

怪不得水塘四週人家把蓮藕當作自家園裡種的蔬菜，想吃就去水塘泥沼裡挖。勤勞的還挖出一擔擔挑去墟場兜售換購日常生活用品。

水塘自起點到塘尾是由淺而深，淺處汙泥多，才長蓮花。深處水深泥腳淺，蓮花扎不下根，即使扎根也冒不出水面，照不到陽光，終久被淹死。這就像一位博學多才之士，要能貢獻國家社會，必須有人賞識任用，才有機會用於國用於世，不然，只有一生一世潛隱農漁而默默以終。

兩人把蓮子吃完，秋林伸展撈網撈蝦子，原來撈網用竹片組成拱門形紮實在長竹竿一端，只要將竹竿伸出把網壓進水中，然後慢慢收回網把，起網，網內就有十幾隻肥土蝦。

水塘生長蓮花的淺地，既能長蓮花，自然也滋生綠油油的水草，水草豐茂，蝦子便在這兒成家立業，繁衍後代形成大家族。

塘面空闊，出入蓮花叢中有農家各自飼養的鵝鴨；塘中心浮沉在此息腳打尖的野鳧雁，彼此呼朋引類，引吭長鳴，也未見各自據地為雄州牧藩鎮軍閥類自恣自大現象，果真是家鴨野雁的交誼廳。他們沒有黨派色彩，排斥異己，汙蔑對方；也無尊卑主客之分，只要光臨降落則一體歡迎，各有活動範疇，互不干擾，道同為朋，並不結黨營私，彼此只求食飽為足，不貪不刻，欲望最易滿足。

蝦子真多，我們只費了俄頃時刻，蝦公蝦母蝦子蝦孫，竹簍裡就有三分之二豐收，我估量至少有一海碗之多，加上青辣椒熱炒，中餐便有鮮味配飯。

收好網，秋林帶我去一處水淺的地方挖蓮藕，他問我：「要不要下來？」

「好呀！」

他吩咐我：「把上衣褲子脫掉，挖蓮藕要在爛泥裡找，會把衣褲弄髒。」

「不穿褲子多難看。」

「誰看你啦？你那隻小雞雞還沒我菜園種的青辣椒大哩！」

這比喻不倫不類，謔而不虐，亦頗貼切，惹得我忍不住笑了。

蓮藕埋在爛泥裡，淺地的早被人挖走了，我與秋林只有往深處摸索，秋林是隻小水鬼，他囑咐我在淺水中泡水，他鑽入深水中，手動足舞；用鐵鏟在爛泥中探索，先是挖到一節短的，接著他又拖出一條好幾節連在一伙的藕浮出水面，歡歡喜喜說：「走，上岸穿衣服，我娘八成在等我們吃飯。」

還沒把滿身泥汙洗乾淨，就聽見周伯母在吆喝：

「秋林，你帶侯家少爺回來吃飯啦！」

謝謝周伯母皇太后兩次下懿旨封我為少爺，我像嗎？像隻野猴啦！

※ ※ ※

天色漸暗，秋林指著水塘中央那叢樹木說：「我叔說那叫小島。」

「你叔不是在北大唸書嗎？」

「早畢業了，他回來時帶著一個外地婆子回家，他告訴我爹，他結婚了，那是我嬸。」

「你爹都不知道，不生氣呀？」

「生什麼氣？我叔說，自己婚事自己辦，勞動家人給臉貼一層金，沒有必要。」

「你叔在做什麼？」

「好像在辦報，寫文章罵人。」

「我不懂，什麼叫辦報？文章還可以罵人嗎？好好的罵人幹什麼？」

「我也不懂。」秋林憨憨地回答我。

「你剛才說島，什麼叫島？」

我叔說：「四面環水叫島，三面環水叫半島。」

「環水我懂，就是四面都是水嘛！你記住了？」

「不記怎麼行？我叔修理我。」

「活該。」我不由笑了。「在學校你還不是記一句丟一句，等考試時到處亂搬，不知道答的是什麼？周恒謙老師的竹筍炒肉絲，你吃得最多。」

秋林傻傻地笑道：「周老師恨鐵不成鋼，打起人來全身是勁，還真痛哩！我想想自己，我又不是鐵，那能煉成鋼。我只是一坨爛泥巴，火大了頂多燒成粗瓦器，不作型，粗瓦窯器都不似，摔在地面全粉碎，哪是煉鋼的料？」

「有自知之明。不讀書種田也好，七十二行，行行出狀元，沒人種田，讀書人全都成餓鬼。」

「毛仔，現在野鳥多數飛走了，只留下一些不想去外面闖天下的才在島上住下來。春天，鳥在島上下蛋孵小鳥，等小鳥長大可以飛時，鳥爸鳥媽帶著兒女離開。以前，我們常常去偷鳥蛋做蔥煎蛋吃，母鳥會啄人，好幾隻聯合起來啄我們，左右四週頭頂都被他們啄，以後，我們不敢再偷鳥蛋。老爸老媽也不許，說是鳥也要生兒育女，把人家兒女吃了，沒良心。」

「大家都是這樣嗎？」我問。

「陳先生說不准大家偷鳥蛋。」

「陳先生是誰？」

「就是他門口種了好幾株芙蓉花那個陳先生。」

昨日路過，我看見那幾株芙蓉樹開滿了花，全是複瓣，大朵大朵，比牡丹還艷麗還豪放。牡丹芙蓉同為木本，牡丹顯得嬌貴，芙蓉像農家少女或艷婦，不靠胭脂水粉修飾，生成就是這種美法，天性一種灑脫不羈性格，說笑自如，行止自如；素不彆彆扭扭受人拘束，因之開起花來也是大鳴大放。不像牡丹那般莊矜做作，一步三回頭，一種丟不下放不開的性格。

「陳家的花好漂亮，我想去看看。」我說。

「明天我帶你去。」

這口水塘如此恣肆放浪，跨山越坳，形態萬千。農家因地勢而建家，就地形高低收放從事種植，家家綠竹叢叢，連岡結巒，樹木蓊鬱，比起我家父叔輩五兄弟住一大片房子，可說是只此一家，別無分號，前後兩處竹園，新筍剛生，便被菜刀砧板為之夭折，竹園不曾擴張領域，子孫繁衍，反而家園日縮，新竹無能接替老竹地位，只維持一個不墜故業的局面。早晚八角鳥噪晨驚晚的聯合聒噪，成了我們家擾人的噪音。二伯三伯父叔為了保持尊長的威嚴，成日板著臉好像兒女給他們養著內心就有一百個心不甘情不願。我們那個家幾乎是寂寞與嚴肅兩兄弟盤踞著。只要見到二伯他們任何人開顏一笑，那就等同皇帝老子龍心大悅，春也來了，花也開了。那有竹塘家家生機活潑氣象？

第二日上午，秋林帶我去看芙蓉花。

陳家房子跟其他農家形式相同，只是前面砌了圍牆，圍成一個地面鋪著麻石的大院子，院子外種下十幾株木芙蓉，芙蓉嗜水，秋天開花，芙蓉開花不是那種小家子氣桃李小朵小朵開，他開起花來像是拼命三郎把全生命都賠上了，不過桃李結實，芙蓉只供人觀賞，花開完後，他就不管結局如何？連衣帽也不穿戴，說走就走了。就像戲班子名角登臺，在臺上賣足功夫表演，唱做俱佳，等他的角色扮演完，卸下戲服，穿上便裝，揚長而去。剩下收拾場子的事他全不理睬，因為他是名角，戲也扮演完了。

陳家住屋離水塘很近，水塘長年綠波盪漾，縱屬旱季放水灌田後，還有半塘蓄水留作老本，草魚鰱魚在塘水中養老，二三十斤重是常事。水則自塘岸浸潤入土，整年滲透，陳家芙蓉自然不愁乾旱，啞了嗓門枯了姿容。

我與秋林在樹下評長論短，看見每一朵花像是一位美少女，惟恐自家姿色身段被人忽略，竭盡本能搔首弄姿，開得滿樹由白轉紅紅白相間的繽紛燦爛，即使日本的櫻花也得慚忸讓步。

正當我們在樹下評頭論足之際，忽然自屋裡走出一位中年人。秋林眼尖，他告訴我：「他是陳先生。我們走。」

我們正要拔腿開溜，陳先生已經走近我們，我擔心被呵斥，站在一旁呆呆地看他，他笑笑問：「你們也愛花？」

我大著膽子回道：「好漂亮，我叫秋林帶我來看花。」

他看看我又打量秋林問：「你這個孩子我以前沒見過，你是誰家孩子？」

秋林代我回道：「他是我小學同學，他父親是靈官廟前侯端莊先生。」

他向我熟視幾眼有點驚喜表情說：「我和令尊是吟詠社的詩友，我以前去過你家，沒看過你。」

我搔搔腦袋回道：「我不記得。我不常在家，不是上山砍柴，就是下水抓魚。我老娘擔心我被水淹死，常常喊回家不是吃竹筍炒肉絲就是捱罵，所以我能躲就躲，在家的時間少。」

我是實話實說，卻招惹他笑了。可能陳先生覺得這混小子不打自招，不怕失面子，倒有幾分真性情。

「來，你們進屋坐，中午在我家吃飯。你們愛花，愛花的孩子不會學壞。喜歡芙蓉，我給你剪幾枝樹梢，帶回家插在水多的地方，過兩三年就可在自己家裡賞花。」

我在秋林家白吃白喝兩天多，已經十分過意不去，怎敢再去陳先生家打抽豐呢？我向他鞠躬辭謝，然後與秋林一溜煙告別離開。

沒有大人罩頂，心情輕鬆多了。

※　※　※

在竹塘瞎攪和整兩天，下午回到家，老爸正在寫中元祭祖文。

老爸一見我就問：「你量竹塘，究竟有多大？」

「兩根半香時間。」

老爸搖頭。「香有長短粗細，燒起來也快慢不同。兩根半香是時間，不是大小長寬，你依然沒量出竹塘有多大。不過，做事雖沒結論，知道發現問題去找答案，有自己的想法和做法，也算是有點主見。」

「我見到陳先生，他要留我在他家吃飯。」

「那位陳先生？」老爸歪著腦袋問。

「他說他是爹的詩友，他家門前種了好幾株芙蓉花，現在正開花，好熱鬧。我與秋林去看花，碰見他。」

「啊，陳頌聖，他書讀得不錯。前些年我們在周老師家聚首做詩，老師評他的詩清逸雅緻，格調不凡，有亂世隱逸之風。人品也好。」

老爸說的，我全沒聽進耳朵，瘋了兩整日，真感到有點疲軟，我忍不住伸個懶腰說：

「爹，我想去睏一下。」

老爸沒責備我，只是無可奈何搖著頭對娘說：

「你給我生下一個沒出息的兒子。」

聽老爸口氣，不是責備和抱怨，是疼愛。

我走了幾步，老爸突然把我叫住說：

「蠢蛋兒子呀！竹塘大小？省政府地質調查局早在兩年前就測量完了，多少數據，我現在忘了。」

「爹不早跟我說。」我有點埋怨。

「我看你有自己的主見，所以就隨你去做。」

「究竟有多大？誰有資料？」

「去問你表叔，他以前是縣政府的建設局長，現在是主任秘書，他應該清楚。」

早知如此，我何必自作聰明求水塘大小呢？這不是狗拿耗子嗎？不過，正如我娘按課目表修理我，陰天打孩子，閒著也是閒著嘛！

十七、老虎皮生涯憶從頭

世俗謂軍人著戎裝為「披張老虎皮」。

這比喻可能含有譽貶兩重意義，譽則為軍人威武勇猛，如虎之為人所畏。貶則為老虎凶惡，搏殺其他牲畜以為食，為人世間一大禍害。

我糊裡糊塗穿上軍裝為文書上士，披上了老虎皮，虎有虎威，別個軍人可許之為老虎。我孤瘦伶仃，穿上軍裝也是一隻紙糊的老虎，貌似而神非，遇風雨必然四分五裂，自保也難。既已著上軍裝，如同畫虎類犬，不倫不類，非犬非虎，教人惶惑搖頭。為追述從軍經過特把那一段難忘的經歷留下來，故名之曰：「老虎皮生涯憶從頭。」

※　※　※

一所學校，五｜幾個一年級到五六年級學生，只有一「隻」老師，國語、算術、唱遊……等一身兼，掃教室、擦桌椅、倒垃圾、清理操場雜草，全是這「隻」老師的工作。請來一位老師，等於僱來一個牧童兼雜役，把這一群剛剛成長大小牛隻看牢看好，還要教他們識字算術和遊樂，一點也不能怠忽職守。別看輕這樣一個無足輕重的猢猻王，要到這分教職，還要靠我老爸那張老臉向他得意門生劉芳華先生討來的。沒有這師生交情，這猢猻王工作早被他人搶走了。這「隻」老師就是在下任真。

當老師不能不吃飯，我根本不曾想到這問題。

自八九歲開始，除了牽牛吃草，做點無關緊要的的家務，比如撿田螺、抓魚、砍柴、拔秧……那是跟著一伙玩伴邊玩邊做的活計，只有樂趣沒有苦。至於三餐，大二哥種田，稻米不愁供應不足。老娘掌家，大二嫂輔助家務，當我玩昏頭忘記回家用餐時，往往勞動二嫂到處吆喝：「毛仔，吃飯啦！」

現在當了老師，老師應該算是一項有身分的工作，而且一個星期全住校，三餐怎麼處理？我全沒想到。等第一天上課後用餐時，住在校內的房東大嫂喊：「老師，吃飯啦！」

吃飯不要錢嗎？是學校供應還是自己先消費後付帳？

原來我老爸早安排妥貼，學期結束清總帳。老娘以五十四歲中年之齡離開紅塵，靈柩存放大廳，他再也不管小兒子冷暖凍餓事，全是老爸和姐姐暗中打點。

當時自己已然十八歲多，人雖瘦弱，往外一站，也是一個一六〇高下的年輕漢子，胸脯不壯臂不粗，雖然活像一隻瘦猴，四肢五官並未短缺，勉強自詡為漢子應不為過，怎麼連自己三餐都未慮及與事先處理？

如今想來，老爸身兼母職，威儀赫赫，我們看不出父愛在那兒，老爸的愛卻是無日無時不在兒女前後左右縈迴。父母之恩天高海深，人無來世，今生報恩無門，半夜夢醒，每每淚濕枕衾。一別之後即成永訣，孝道有虧，這是我一生蝕骨毀髓的傷痛。

學校後面有片空地，十幾株蒼松撐起半個雲天，周圍長著綠竹和榛莽，空闊地上則綠草芊芊。三月暮春，野花亂開，桃花李花當然是主角，絕不缺席，楊柳像舞姬，不獻藝時也不由揚手擺足舞動他柔弱的身段討好春風的虛情假意。農村景色，真個是一甕醇酒佳釀，不飲亦醉了。

自愧天賦不厚，自悟能力不足，除了醉心古典文學外，師範四年，老師所教理、化、數學，全是鴨子聽雷，不知所云。大約人的智慧，如同嚴扃固封緊鎖的箱子，老師必須有把萬靈鑰匙，隨人啟開學生的智慧箱，因材施教，慢慢引燃學生智慧讓他爆出火花。這其中老師本身的學養很重要，教學方法尤為關鍵。

家鄉師資普遍貧乏，高中畢業教初中，初中畢業教小學，自己尚是一段未曾雕鏤的粗木，怎能成為有價的藝品？我也只是師範畢業而已，所幸跟隨我老爸唸了一些詩云子曰，寒暑假都有額定的課程，內涵如何？我自己無法量度長短，秤量輕重。像民間常常應用的輓聯、壽聯、婚聯、祭文、中元祭祖文、書翰、啟告，都能勉強湊合，再不懂，有個老爸義務顧問在，隨時可向我老爸大腦挖寶。

六十五年前，我走出學校大門，從來不知道有戶外教學這種活潑的教學方法。當時，我居然帶著孩子在校後松樹下席地而坐教課。

外面空氣清新，暖暖的春陽，融融的春風，農夫叱牛犁田田水噗噗之聲，布穀鳥「割麥插禾」的叫聲，麻雀畫眉求偶呼伴聲，聲聲悅耳。孩子們樸實敦厚的臉上，張張都是春花燦爛的笑容，好美好樂，教學收效亦見顯著。

一天下午，大哥來到學校吩咐我：

「老爸叫你放學後回家。」

「什麼事？今日是星期三。」

「我不知道。」

父命不可違，晚上回家，老爸坐在火爐邊輕輕鬆鬆說：「後日，你跟朱長忻去外面謀個差使。在家教小學沒有前途，年輕人就該去外面闖事業。」

「學校呢？五十幾個學生。」

「我去代課。」

我一句話也不敢反駁，只有乖乖地準備衣物。第三日，揣著老爸和姐姐各給的一塊銀元上路了；就此拜別母靈和愛嚴而細密的父親，一別成永訣，再也無緣在父親膝下奉茶奉水略盡人子之孝，人生至痛無過於此。

※　※　※

由攸縣小集步行至衡山石灣火車小站，中間在客棧住宿一夜，第二日上午終於抵達石灣，第一次看到龐然大物疾馳如風的火車，好驚訝也好恐懼，好高興也好悲感。前路漫漫，父親一句話決定了我的前途，未來是禍是福？誰能給我保證？

戀土懷鄉是人的天性，為什麼老爸一句話就讓我與以生以長的土地和家人無情地分手呢？

朱長忻是位尉級軍官，土黃色二尺半軍裝等如軍人身分證，他理直氣壯帶我不買票坐上粵漢鐵路北上的火車，沒多久就到了株州。

當年株州市容僅次於長沙，粵漢粵桂浙贛黔滇幾條鐵路線都在這兒交會。朱長忻帶我到市區一棟精雅的二樓洋房先與三山五嶽人物午餐後，再晉見團長朱達上校。

朱團長官威十足，一臉嚴肅表情把我看個裡外洞穿，沒問一句話便在一張便條紙上振筆疾書，交給朱長忻說：「帶他去衛生連報到。」

朱長忻兩足啪噠一聲靠攏立正，舉手敬禮後招呼我說：「我們走。」

忘記走了多久？終於到達浙贛鐵道旁一個小村落朱亭埠見衛生連連長焦清松少校，大約經過半小時換衣換帽，我由一個普普通通小學老師死老百姓，突然成了著上老虎皮的文書上士。

文書我知道，當然離不開寫寫塗塗，上士是個什麼玩意？我全茫然無知。

衣服寬大汙髒，多半是油垢，穿在身上像是披了一件蟒袍玉帶。徐蚌會戰剛結束不久，中華民國的命運在那一戰役中作了決定勝的劃分。七五師在徐蚌會戰中也是潰不成軍，乃在株州醴陵一帶整補，收集潰散的舊部與衣食無著的散兵遊勇，準備借殼還魂後，重振軍威。

我檢視自己這身寬大髒汙的軍裝，我無措地不知何以為計？沒有歡喜，也不太懊惱，只覺得自己是隻非驢非馬的四不像。不時痴痴地望向晴雨不定的三春天空問：為什麼老爸把一個瘦弱的小兒子不問利病得失送來軍隊謀前程？

特務長高耀祖平白手下多了一個屬員，立刻命我造三字花名冊；這個不難，兩張不到十行紙，就把全連二十幾個大小嘍囉框在這兩張紙內。

由一位小學老師突變成軍隊一名文書上士，不需要像蠶那般蛻下三次皮，也不必像毛毛蟲變成蝴蝶那樣痛苦掙扎，只憑團長手上那幾個字就把我鎖定了，此後不得逃亡，不得強買強賣，不得調戲婦女，不得好色姦淫，不得搶劫偷盜……一旦冒犯，輕則判刑坐監，重則一槍斃命。老爸決定兒子的前途，他卻不知道一旦兩軍交火，砲火不長眼睛，卻是把兒子送來軍隊充當砲灰呀！

連上副食費不足，伙食奇差，暮春三月，老兵賤價去農家買老芥菜蘿蔔，油少鹽淡，吃得腸胃窩裡反。

第二日，我發現通信連居然有六七位年輕人淨是我們攸縣人，他們早我半個月入伍，這幾位年輕老鄉忠勇愛國嗎？天下興亡匹夫有責嗎？怎麼也會主動做了「好鐵不打釘，好男不當兵」呢？交談之下，畢竟同鄉共籍，格外相契，原來他們也是為謀前程才投軍。軍隊究竟有多大的前程？連上人少事閒，鄉關不遠，每日總不免想老爸兄姊那分淡淡的卻如酒馥花香般家人情感，為了排解寂寞，每日我就去通信連與他們閒扯拉瓜，到吃飯時，連長的傳令兵河南籍梁相璞就會拉開嗓門喊：「侯班長，吃飯啦！」

由梁相璞的呼叫聲中，我突然警悟到自己居然是個班長，當班長應該有班兵，如果真有班兵歸我領導，我這個班長究竟怎樣當呀？我迷惑了。

※　※　※

我是一九四九年三月十五日披上軍裝老虎皮。上士是士官兵中的最高階，當時軍隊無士官長編制，直至韓戰爆發，美第七艦隊巡邏臺灣海峽，防止中共大軍在東太平洋興風作浪並開始軍事援助中華民國。也是老美看中臺灣的戰略地位，有扼制中共海軍越臺灣海峽而菲印星馬的無限軍力延伸，乃「投懷送抱」恢復援華計畫，顧問團抵達，老美軍制「士官長」編制也跟著推展到國民革命軍編制中，此時節，我已卸掉上士編階而為一名尚稱威武也帶幾分英氣的青年軍官了。

株州駐札兩個多月期間，老兵身有餘錢，每日於浙贛鐵路旁攔買強自削價的雞鴨蛋。我只有兩塊銀元私產，每日兩餐不飽，夜夜偷去浙贛鐵路起點那個小站吃碗熱騰騰米豆腐解饑，不多久，兩塊銀元的私產亦告「傾家蕩產」了。

五月初，部隊在株州登上火車，每連半個車廂，浩浩蕩蕩朝江西進發。

在株州近兩個月時間裡，我每天只與胡瑞國、張主善、曾偉、歐陽寬、文騰芳、王開生幾位同鄉在一伙閒聊解悶，極少與連上官兵相接近。由一個死老百姓突然成為軍人，生活方式與習慣全然迥異，連上官兵淨是歷經艱險冒暑犯寒累經苦難的老兵油子，心裡上有隔閡，我打不進他們的生活圈子。待坐上火車，通信連與衛生連各有車廂，我沒那隻豹子膽穿梭車廂與同鄉敘談慰解鄉情，此時才發現翟作棟與劉錫庚兩位老哥哥可以當閒聊伴侶。

翟作棟自幼孤苦，九歲喪父，十一歲喪母，依靠外婆和舅舅為生，待外婆壽終正寢後，舅舅收入不豐，自家兒女都難滿足嗷嗷之口，為了活下去，我翟老哥十三歲就跟著游擊隊反日寇侵略，到一九四九年已是一位精實的漢子，比我長數歲而已。劉錫庚老哥哥河南臨汝人，自小學到臨汝高中畢業，全是在他父母牽長補短中度過家庭與學校那段苦日子，貧窮像影子走到那兒便跟到那兒，他當時為上士副連指，可能也是為了吃三餐飽飯才自動自發投軍從戎。

我一口攸縣土話，發聲與國語相距十萬八千里，兩位河南侉子的河南腔，也讓我聽得南轅北轍。好在我們都年輕，相差年歲不大，而且都是士官級人物，因之在車上交談敘情的時間便多了，也開始墊下將七十年的情感基礎。

自湖南入江西，一路山光水色真個是美呆了，所謂「錦繡河山」一點也不誆人，數千年來讓歷史上列祖列宗甘願以血肉之軀捍衛他的完整，而不容外族入侵據為房闥之地的道理，處處有跡可尋供為佐證了。

軍用車必須禮讓客旅車駛走後，才能找出那段車行空間慢條斯理上道，走走停停，停停走走，反正不須徒步行軍，能在車廂中睡大覺也是一樁賞心樂事。

一路上只要車輛靠站，立刻有小販兜售飯盒零食。早晨則有小販供應熱水洗臉。這類小販有兩種方式，一是供應熱毛巾，擦完臉後小販再在熱水中搓一下再供應第二位。另一種方式則為供應一臉盆熱水，聽由乘客自由沐面刷牙，然後收費取回浣具。以今日的衛生標準視之，這可叫做細菌傳播，疾疫廣被，真是糟糕透頂的爛汙事。

我的兩塊銀元私產早已在株州米豆腐攤上傾家蕩產了，如今身無分文。而且在株州兩個多月文書職務幹白工，未拿到一文薪俸，眼看著老官老兵有錢買吃的，真是垂涎三尺羨煞人也。不過頗慶幸的是作棟錫庚二位老哥窮得與我同一命運，也是身無分文，三個窮措大只有窩在窗邊看別人大快朵頤。苦命也有同志，不由感到吾道不孤，再也不寂寞了。

想到老爸一生建屋買田，把家撐成為中人之資的家，一生憂愁兒孫成餓殍，中共建國後那年冬天，還傾近二百元積蓄銀圓買進水田十三擔，次年中共實施土改，無償沒收原主耕地重分配，老爸的田產山林房屋一夜之間成了別人家的產業，大二哥不曾多分得一分地，老爸被攆出家門一人獨居在一間破舊屋裡，當年一場不憂凍餓美夢，一夜之間化成泡影，我亦只在離家前承襲了老爸恩賜一塊銀元的家產而已。老爸的夢碎了，二哥與姐姐把這些點滴告訴我後，我的心也碎了，老爸一生心血付之東流，兒女的眼淚哭匯成湖沼淵海了，悲哀呀悲哀。

火車駕駛很貼心，每到中晚餐時分，一列車廂全靠站，炊事老爺下車架鍋造飯，兩餐吃的什麼？我如今不曾記得，反正沒魚沒肉缺油少鹽，吃飯不是享受，而是止飢延命而已。

車輛在鐵道紳士般緩步慢行，走走停停幾乎是三晝夜，終於抵達鷹潭，全團下車在車站四週橫七豎八過了一夜，第二日早晨上車直駛貴谿縣城下車，尋找駐地，安頓行腳。

貴谿不是一處出產富饒的富裕縣，縣城房屋簡陋，幾條街道冷落悄靜，沒有車如流水馬如龍的熱鬧氣象，貿遷不頻繁，商業不興盛，常見市民長者聚在一處品茶閒聊鏡頭，也可看出他們優閒自得的人生意趣。倒是山光水色別有一番獨特風味。

※　※　※

衛生連駐扎在保安團副團長宅中，此位人物甚少見面，他夫人掌家，三餐開飯時，葷腥味滿屋馨香，令人羨煞；可證此家雖不是鐘鼎而食，也不致藜藿寒素。他前妻兒子獨個兒住樓上一間房子，他每一開門，我都能偷窺到他房中掛滿火腿、臘肉、臘雞鴨等肉類煙薰食品。春節步履聲仍然清晰在耳，連上兩餐無油葷，每看見那些垂掛復又香氣四溢的臘物，不由眼饞舌焦，白嘸口水。

我與作棟錫庚兩位老哥哥是士官級的頭頭，住樓上臨窗一間房裡，地舖，春寒料峭，晚上無棉被禦寒，只有把棉衣褲腳紮緊，然後把棉衣當棉被，再蓋一隻麻包，胡亂對付寒徹肌膚一夜春夜。

窗子朝著弋江，間有船隻來往，未見船舶如織人聲鼎沸的商旅盛象，表示沿岸物產不饒，弋江無貨運功能。河對岸有座小山頭，一線小瀑布成日流瀉不止。起床後，我遵循老習慣，展開古文觀止琅琅誦讀，攸縣土腔，別人聽不懂，琅琅書聲裡自己也多少尋得一分重拾的學生回憶。樓下兜售油炸物的小販叫賣聲與我讀書聲構成一幅不太調和的晨光畫面。自己望書興感，吸著油炸物的馨甜香氣，愈益加速飢腸轆轆作響，抗議原料不給空轉浪費能源，而不由悲嘆自己身無長物，窮得四大皆空。

貴谿為紅岩地質，山多呈饅頭形狀，龍虎山為道教勝地，山勢尤其奇特美觀，蜿蜒盤屈者如潛龍伏臘，昂首舞爪者如怒虎嘯天。前些年旅遊貴谿，舊地重遊，卻尋覓不到當年的舊履故貌。時勢推移，江山固然萬古，人世浮沉卻讓幾多英雄豪傑的風流倜儻成為歷史潮流中的一隻泡沫而已。在弋江濱先觀賞「昇官發財」表演（官財為棺材諧音）。弋江沿岸多為崖葬，四川風箱峽也曾懸棺巖葬，兩地相距數千里，彼此習俗應該不相干。生命死亡會腐爛，腐爛便會穢臭，把先人葬於岩窟中，死者已安，生者也免於屍臭薰人之苦，這確為先民一樁智慧的創舉，與今日通行的火葬，都是給生命最後歸宿的良法美意。

龍虎山張天師府第，連楝疊宇，雕樑畫牆，層樓重閣，複道迤邐，真個是北有孔府號第一，南有張第稱魁首。道士中有許多年輕貌美的小姐，巍冠高髻黑袍，繞圈子走八字法步，儼然得道中人。這可能也是職業之一，按時上下班，到時領薪，為謀衣食道士和尚都可從容為之，誰敢不安撫肚皮先訂城下之盟呢？

貴谿為紅巖地質，故少森林，樹木不茂，燃料則不足，市區居民燒劈柴，成捆售回，堆置雜屋以備不時之需。鄉村則榛莽雜草均可充作燃料，不愁三餐不熟。軍隊仰給於民，民生尚且困苦，寄食的軍人能有兩餐飽飯吃，那真算是僥天之福了。

因為缺乏燃料，指導員湖南郴州周化本常常率領我們過弋江去山區撿拾木柴，間接拔野笋充菜餚。軍人有補給，主食當然不缺，副食則由貴谿消費合作社供應。我自入伍到貴谿已經三個多月，不是老兵，卻是不虞逃亡的新兵忠幹，每日帶兩個大頭兵去合作社領菜蔬，蔬菜品種多為高達半人高的老芹菜和壯牛也咬嚼不動的芥菜幫子，既老且硬調理又缺油水，吃得我看見芹菜就想嘔吐。

幾個月未沾葷腥，房東家的火腿臘肉令人垂涎欲滴，荒得我們像饞貓，只有偷偷瞄兩眼望梅止渴，偷不得搶不得，徒喚奈何。有一天，每桌居然多了一小盤蒜苗炒肉，不暇叩問肉自何來？反正低頭猛吃飯夾肉。事後多方探詢，才知道是老兵油子偷偷盜賣房東三大捆木柴才換來每桌一小盤蒜苗炒肉祭奠臟腑五臟神。

一個縣的民防團副團長，正面說是貴谿縣有頭有臉的搢紳，自負面觀，還不是地頭蛇類人物，括地皮、攬訴訟、收紅包，欺壓良善，魚肉鄉里，金錢財帛黑白兩路收，橫財肥己潤屋，賣他幾綑劈柴打牙祭，他損失不大，我們也多少沾點油水，痛癢不劇，皆大歡喜。

※　※　※

不知為什麼？我突然奉派去金谿縣城所在地師部打幾日零工。

自貴谿到金谿必須先坐火車到鷹潭。由鷹潭到金谿全為山路，原本有稀落的公務車行駛，如今華北華中戰禍熾烈，居住華南地區嗅覺靈敏的人氏，自然能預判未來的日子必然擾攘不安，因之回鄉的回鄉，逃難的逃難，早已自客旅地抽足返旆了，鷹潭金谿之間只有為利而往的貨車來往，間有江西省政府的車輛蜻蜓點水般出現。我們去金谿出公差，近百里地只有靠雙足一步步量完這高低蜿蜒山路才能抵達。

在途中幸運攀上貨運車順利抵達七五師師部報到後，立刻展開繕造三字花名冊。我們一行十幾個年輕人互不相識，也沒交情，更無交集，人人埋頭疾書，互不交談和干擾。

師部一日兩餐居然有矮桌矮凳可坐，比我們圍蹲在地面野餐方式文明多了，菜餚亦較可口，菜碗中常可看見如同白鶴展翅的肥肉作輕舞迴翔狀，比在連上吃的老芹菜梗子要優裕多了。

為什麼師長要召集這許多文書去師部繕造名冊呢？據事後傳言因為軍團部派員蒞臨各師點名核實官兵人數。

這裡面牽涉到中華民國兵敗如山倒的一個潛在大因素。戰爭永遠是敵我雙方一場無底洞的消耗戰。

滿清二六八年帝位統治，自大自驕，腐敗愚昧，國防不修，內政貪腐，強鄰日本覬覦中國這塊肥肉，以為只要出兵即可三月亡華，把這隻大象收為太陽旗下一塊屬土，行使老鼠指揮大象的統治權；由清朝時期的百般蠶食到中華民國時期的大口鯨吞，終於釀成八年血戰。東鄰日本不是我國一個好鄰居，睦鄰之道最重互助互愛，濟窮救急，怎可侵門踏戶，升堂入室，佔我產業，盜我礦藏，淫我婦女，殺我同胞呢？八年血戰，財產損失不計，死於日寇刺刀彈藥之下的軍民同胞是三千多萬。我國的堅強抵抗，加上美國兩顆催命符原子彈，終將這隻呲牙裂嘴啣骨大嚼的惡狼臣伏了。在舉國歡騰之際，國民黨政府的接收大員以為從此歲月昇平，日日天晴，見財心喜，見屋大悅，貪心腐蝕了靈魂，財利蠱惑了智慧，醇酒美人、黃金美鈔、日本人的公產私產，一體笑納。社會貧苦、民生艱困、物資不足、飢寒迫人，通都大邑則又畸形繁榮，夜夜笙歌，日日佳釀。加上中共長於謀略戰的興風作浪，擴大事端，終於民心離散，社會解體，抗戰成果在蘇俄苦心培植與整割零切之下拱手讓給了中共。

勝利復員原本立意良善，倉促為之，缺少週詳計畫作後續安置，以為每人發幾塊銀圓令官兵解甲歸田即為上上之策。三百萬軍隊，脫下軍裝，回家資金不足，無衣錦榮歸的光彩，家人亦難接納。謀職四處碰壁，央求無門，以殺人放火為職業的軍人怎堪肩荷興利謀富的生產事業？流浪街頭，成了流民。國民黨白癡裁軍，共產黨則熱情招手，「此路不通，去找毛澤東。」曾經一面抗日一面剿共的國民革命軍一變而為中共開國創業的急先鋒，有的暗通款曲，提早輸誠，有的則陣前倒戈，臨戰起義，此後每戰必敗，國民政府不敗何待。

秦始皇因修長城而亡掉江山，隋煬帝國為開運河而失去正統，歷史前例在在告訴後人，凡百行業成功之後，必須妥為安排曾經貢獻智慧勞力之士一個立身安命、不虞衣食所在。過河拆橋，他人津渡無門，自己也將插翅難越，歷史事例可作殷鑑。役民工作縱然勞苦，食宿仍然有所，起居有常。一旦工程結束，團體解散，三餐無著，寢息無所，小則聚為盜寇，大則成軍立帥，逐鹿中原，取國家而代之了。

朝代有興替，金鑾殿上那把九龍交椅常換主人，但江山依然年年綠，長江黃河不改億萬年向東流，花照開，鳥照啼，太陽月亮不改東昇與西沉，這則例子將來可供兒孫作借鏡。

費了數百字只是作歷史回顧，自歷史事例中尋覓出一點兵潰國亡的蛛絲馬跡，這與我去金谿師部繕造官兵名冊不相干，卻與軍隊吃空缺的惡習息息相關。

所謂吃空缺，一個連有數目不等的虛有員額，分配給連上幹部，有名無人，月領糧秣薪餉，發薪時自連長以下各自多領一至數名士兵薪餉，薪俸雖然菲薄，此項暗中貼補，幹部薪水優渥了，一般士兵依然寒薄不豐。

有虛名而無實員是貪汙，上級蒞臨點名核實員額時，乃向友軍借人頂替，輪到友軍點名核實時，其他友軍派員支援，互相照應，蒙混上級，一個團與師能有百分之八十員額的戰力，那就算是岳家軍了。戰力如此，怎能戰勝號令嚴明復又與人民結合為一體的解放軍呢？

我們奉命去師部趕造花名冊，據說也是為師長解決吃空缺的問題。其中是虛報實吃抑為據實造冊以應軍團部核實？我就不得而知了。

任務完成，大家收拾行囊，回貴谿駐地，黃昏啟程，四月初依然春寒迫人，好在年輕人步行急遽，遍體發熱，春寒亦無可奈何。為了節省體力，快速回連，大家紛紛攔貨車搭黃魚便車，一位駕駛非常合作，車子拋錨停在路邊，他請我們把行李放置貨物空位，我們自動自發幫他推車發動引擎回報他的好心，引擎像即將斷氣般的病人，一口一口氣抽不上來，大家用力推、推、推。駕駛在座位上掌住方向盤幫著喊：「加油」，待引擎「噗噗噗」幾聲虎叫狼嗥後，駕駛不停車，那龐然大物的貨車捲起一堆稀泥，濺得我們滿身泥汙，揚長而去，剩下我們全僵立當地，面面相覷，苦嘆人心險詐，上了大當。人家垂頭喪氣連夜趕路，丟掉了行李包袱，倒是樂得一身輕鬆，次日清曉到達鷹潭車站，才在車站旁發現我們那些裝有文具衣物洗臉用具的背包，分別認證後物歸原主，這才快快樂樂返回貴谿駐地。

人心如淵，你能測出他有多深多險嗎？

※ ※ ※

一九四九年四月中共解放軍渡過長江。

長江為天塹，孫吳，東晉，宋齊梁陳南唐等短暫江山都靠他的屏障而號令半邊天下；如此天然之險都難遏阻中共大軍長驅南下，湘贛粵桂閩也就岌岌可危了。

四月中旬，七五師所屬二二三團轉進金谿。

端節悄悄來了，我們在金谿度過一個枯然無趣的端節。

此時金谿富戶大家早已舉家不知所往？為避兵燹烽火，必然藏匿山區以逃鋒鏑之危。衛生連借住在一棟紅柱綠瓦極為講究的別墅裡，這麼一棟美侖美奐的房子，只剩下一位中年管家和他漂亮的女兒留守。

金谿街道路靜人稀，生意蕭條，店面多數關門閉戶，只剩下一些推車賣漿者之流，為生計勉強無力地在吆喝。穿梭街道弄巷的全是著枯黃色軍裝的丘八，不是嬉遊觀賞市廛景色，而是為補給領放在與時間爭短長，軍人成了蕭條市面的主角。

在金谿待了不到一週，一日黃昏，全團拔離金谿，直屬連進入幾個山頭凹處待命，將要日落西山，忽然有零星槍聲自遠處傳來，嗶嗶之聲自天際掠過。此時，情況不明，不知是國共兩軍已經直接接觸？抑為解放軍或潛伏地下的土共乘虛趁入擾亂軍心？

直屬連為特勤部隊，無戰力，加之新近補入的新兵無訓練，莫說瞄準射擊，就是如何扣扳機、填彈藥，全皆茫然無知。此時，槍聲大作，顯然防守潰了缺口，一陣騷亂，各連主官無法掌握部隊，士兵紛紛四處逃竄，儼然打散的雞鴨群。所謂風聲鶴唳，草木皆兵，庶幾近之。

幸而天色已暗，五月上旬，月暗星稀，各連主官重新號令士兵歸隊，一番整頓，然後自山區小道向南城、新豐、南豐等地匿進。

第二日情況已明，原來金谿公路直接與新豐南豐相接，江西保安部隊防守公路左側山頭，我們團第三營守右手山頭，如果共軍自金谿縣城任何角落進入公路，兩邊山頭火力交叉射擊，均能扼制敵軍行動。古云：「疾風知勁草，板蕩識忠臣。」每當國家社會變亂之際，為保妻孥家產的投機分子，當年就職時忠貞不貳誓詞，全在安危利害衝突下兌現了的謊言，毫無行動與良心上的拘束力。放棄職守，不倒戈相向尚有一分顧念舊主情誼與袍澤溫情在，撤守待變，或陣前起義立功，等待新主子冕旒坐朝再封官晉爵，換個主子呼萬歲，全屬歷史常例，千百年來都在上演這齣鬧劇——原來保安部隊已向中共靠攏了，才讓小股不知是解放軍抑為小股土共自山腳下進入射擊位置，得逞以小擊大偷襲的目的。

想到後漢曹丕承襲其父曹操權位，威福自恣，權傾朝野，未幾，威逼漢獻帝把劉家天下拱手讓給自己，得之不正，言理不順，縱然天意或將亡漢，未必是天授曹家？未五代，司馬氏祖孫三代沿襲曹丕篡竊天下故智，攘得天下而成司馬氏帝業。晉武帝司馬炎生前無帝業垂統萬年安全之計，只知羊車美人，大享歌舞昇平、醇酒美女房闈之樂，今日艷妃，明夜美嬪，只恨春宵苦短，精力不足，未三世，懷帝愍帝成了匈奴劉淵劉聰叔姪的臣虜。中原官宦士族紛紛南逃江表，晉明帝匆匆在金陵登基，勉強撐持不到半壁江山，是為東晉；幸而王謝兩家大吏襄輔有功，經過多年如補破衲般千方百計瀰逢，才把中央政府勉強立下一個規矩。

北方苻秦原為晉家臣奴，乘勢坐大，成了北方勢力的共主，苻堅志大才疏，野心大得要攬日月為照容明鏡，亟欲策馬南下完成統一大業，大過率土之濱莫非王土，四海之內莫非王臣的乾癮，當時輔佐苻堅的王猛臨終前猶諍諍規諫苻堅切莫驅軍南侵窺伺舊主，先在北方休養生息，強國富民，待機而動。苻堅滿懷雄心壯圖，那能聽進王猛憂勤天下的善言，剛愎自用，結果，數十萬大軍在淝水一戰中打得丟盔棄甲，血流漂杵。所謂兵敗如山倒，稍一動靜，人人如驚弓之鳥。信心動搖，意志頹朽，真箇是運數已終，國脈如線，抶傾起危，全皆無功。

我至今還搞不清楚一九四九年五月，中共解放軍有無直接到達金谿？與我們單位接觸的是中共正規軍抑為土共乘勢出頭搶功佔領金谿縣城？當日只是一場小遭遇戰，雙方接火不到半小時。中共由東北華北中而華南，真個是氣燄萬丈，聲勢咄咄逼人；國軍被打得丟了膽子失了魂，一聽槍聲，軍紀號令全不管用，個個逃竄保命，我這個死老百姓新兵文書上士，當然也是逃命要緊。不能與淝水之戰苻秦大軍相比擬，那種怯懦驚恐情態可能不曾稍遜。

我讀晉史、讀到淝水之戰，我一直沒找到謝安防守的軍事部署戰略，只看到他姪子謝玄幾乎是不經意間讓苻秦軍心大亂，潰破戰陣，打了一場淝水之戰的勝仗。謝安泰然自若下棋旅遊，苻秦潰敗後，謝安外表鎮定，內則喜不自勝。勝利之機，我未在晉史中找到謝安早已掌握在手的資料。要不是苻秦尚書朱序私向謝石獻「待秦軍半渡洛澗而擊之」密計，謝安未必能令子侄打贏這一仗。

※　※　※

此後三個多月，我們七五師與二百師等友軍一直在南豐寧都廣昌瑞金會昌尋鄔等幾個縣市內兜圈子，這幾個縣與福建相鄰，幾為江西省四分之一江山。抵達瑞金，發現那兒樹木葱茂，崗巒綿亙，一山連接一山，一山高過一山，好像這地方有永遠走不盡的綿邈山路。

瑞金原為中共的老根據地，是進入以山為強勢福建省長汀的重要門戶，當年宋元明清派駐長汀的官吏，應該是以這兒為通路。福建瀕海而多山，山勢無不峭拔突兀，中共選在此處做根據地之一，料定中央軍力無法綿密地覆壓此境，故而有恃無恐在此山城建立實驗式的蘇維埃人民政府。

大約是中元節前後，部隊開抵吉潭，吉潭為進入廣東平遠縣的門戶，一處山區小鎮，四週全是峰撓霄漢的高山，民家也甚殷富，許多民家種水果，當時為秋初，果實已收，是什麼品種水果我不清楚，只見到果樹枝幹虬結韌勁，好像臺灣未經改良前的土番石榴。

到達這些與福建相鄰的山城各縣，共軍不曾追躡，我們前進速度也就隨情勢和官兵疲逸適度做緩急調整。

一日深夜，在團部擔任中尉軍需的朱長忻來看我，他直接說：「今夜回家，你準備一下行李，到時候，我來叫你。」

怎麼說回家就回家？我拜別父親兄姊，主為出外創立事業，金谿一場小遭遇戰，我帶的學生服全丟了，一部註解得密密麻麻的古文觀止也成了共軍的俘獲物，身上只有四塊銀元殘剩薪餉，我怎麼回去？怎有顏面回去？

我經過俄頃思慮，我說：「我不回去。」

朱長忻為了部隊擴增軍力，把我自農村帶來江西，他沒有積極地負起責任把我完整地還給我父親。我內心波濤洶湧，酸甜苦辣全襲來。老爸原本計畫下半年為我完婚，他不瞭解軍法森嚴，一個人著上了那張老虎皮，豈容你進飯店般來去自如？我一個十九歲的無知大阿呆，前途茫茫，回頭路不能走，心一橫，只有辜負苦望未婚夫一去不歸暗嘆命運乖蹇所託非人的未婚妻了。

老爸已將六旬，我今後再也不可能侍奉左右。

團長朱達上校，半夜率領他攸縣親信子弟兵棄部逃亡了。

實則朱團長此時不走，一旦局勢穩定，他必須面對徐蚌會戰中棄軍潛逃而失去重要防守陣地的責任。軍法雖說是法，此法可以左右搖擺，上下移易，主之者法，操之者在人，生死輕重不在法的衡度，而在執法者的喜怒好惡。我帝我王，我說了就算，有理三扁擔，無理扁擔三。朱團長一旦被追訴，不死也要脫一層皮。他一走了之，以為可以回家過平民生活，他的設想全錯了，中共創黨及建國之初的根本思想是「不是同志，就是敵人」。清理舊勢力如同大掃除，要求屋裡屋外全部清潔溜溜，結果，朱團長仍然命運不佳，中共不准他自新歸田，一顆子彈結束了一條正是壯年有為的年輕生命，因為他曾是國民黨軍隊的上校團長。

戰亂歲月，梟雄爭權位，手下的大小嘍囉未必人人有封官晉爵的奢望，多數是為飽暖才冒死犯亡，希圖父母家人衣食豐給這一微小的指望而已，結果他們全都成了祭牲，成了陪葬物。慶功宴上，觥籌交錯衣衫鬢影中他們全缺席，耕種的是他們，收穫的卻是別人。

自吉潭進入廣東平遠，大約須走一日山路，然後翻過一座高山便是平遠縣境。

這座山顯然是騾馬貨運的人行道，如果要行駛車輛，道路必須蜿蜒山腹，七拐八彎以減少他峻拔陡峭之勢；這條山路卻像直爽個性人，直來直往不留餘地，山路自江西境山麓起步，直接一步步攀越至山頂然後下降進入平遠縣城，上下山時程約七八小時上下。

平遠是處山縣，城郭雖不現代化，倒是街道整潔，店面寬敞，帶點現代與古典兼重色彩。縣城外則為廣大的農地，秋收剛過，稻稭根上散發出清馨的草香味，這股香味我最親切，自十歲到十八歲，八年時間中，年年夏末秋初三伏天，正當秋陽酷烈肆虐之際，我家三兄弟都在田壠中流汗收穫種豆，與天候作殊死戰。口渴時，去水井中舀一瓢水解渴、一股馨甜滋味一直自口腔滑入焦火煎熬的臟腑，好舒爽好慰藉。閻王爺不知在忙活些什麼？從來不暇查察他的勾命簿，是否有人大限已到？我們不懂現代衛生的農家生活習氣，居然未曾感染疾疫而魂歸離恨天。

平遠中學是所完全中學，自小學初中到高中，學制完密。校內有一所藏書極豐的圖書館，還有化學物理實驗室等……為什麼這所山區縣城的學校具有如此完善設備？原來平遠同胞與粵省各縣市同胞全然相同，青春年少時，一隻行囊離鄉背井遠走國外拚事業，待事業有成，不忘鄉梓土地之德飲水之甜，匯款帶錢回饋父母鄉里，培植後代兒孫。

看到平遠中學那些完善的設備，想到自己讀師範時，正是抗日戰爭的中晚期，日寇橫行鄉里，學校只有遷往山區繼續辦學，物資缺乏，民生困苦。省教育廳也在其他山區執行公務，鞭長莫及，沒有教科書供應，國文選古文觀止，土法煉鋼——石印。所謂石印，就是在平滑的石版上刻字拓印。數理化教科書一波三折領到時，學期已去了三分之一。至於師資，真個是阿彌陀佛，高中畢業教初中，初中畢業帶小學，老師自己懂不懂？天曉得。我們受教的學生在老師不知如何循循善誘開啟智慧密箱的教法中，幾可說是天地渾沌、昏天黑地、不辨東西南北。有如此這般的學校和師資，自然教出像我這種三腳也踢不一個「哼」字的笨蛋學生來。拿我們受教的種種條件與平遠中學比，我真羨慕平遠縣的莘莘學子真個是天賜厚福。

自七月到八月中秋，我們就在平遠蕉嶺五華興寧豐順幾個縣境中來回穿梭，像一批冤屈難伸的野鬼遊魂，盤旋糾葛，驅之不去。經過梅縣此一粵東大城，街道寬敞，店面對門望宇，貨物充斥，市面繁榮，男女衣著樸雅而富麗。政局雖已糜爛，對粵東地區仍無重大影響，是以梅縣街道人來人往，熙攘無已。

二一三團新團長譚鸞昌上校走馬上任，年齡不到三旬，騎著高大的駿馬來回梅縣街道巡察部伍之間，威武而英俊。憾惜國民黨政權勢力已近日落黃昏，只剩下沿海三兩省殘破江山，就是想「收拾舊山河」，亦因大勢已去，徒然欷歔彈淚而已。若是強唐盛漢之際，譚團長與衛青霍去病秦叔寶尉遲恭又有何多讓？

梅縣教育發達，多為僑居國外人士斥資與地方豪紳所共辦，教育地方子女，栽培有為後進，為梅縣客家文化綿接垂統千餘年而不墜，單是初高中就有近三十所之多，所謂粵東通都大邑，教育奧區、文化勝地，確不為過。

回想我祖籍攸縣，在湖南省屬於甲等縣，物產豐饒、教育發達，農家子弟多仰賴私塾認識之無，全縣七十餘萬人口只有一師範一縣中兩所中等學校而已，子弟能考取這兩所學校，等同科舉時代京畿殿試金榜題名，兒女驕傲，父母榮光，比之教育發達的梅縣來說，遜讓多矣！

中秋前，部隊抵達湯坑。此時，軍團警衛團整編，團長廖發祥上校率領幾個直屬連接受編制，二二三團直屬連員額不足，乃與警衛團直屬連合併，編為二二五團接受廖團長指揮。

廖發祥上校，黃埔軍校成都分校畢業，歷經戎行，戰爭經驗豐富，學養豐厚，面團團而慈祥溢於言表，指揮從容，事事有條不紊。後來出任馬祖防衛司令因肝癌辭世，那時節尚只五十而知天命年壽，從此我們失去一位與我們共寒暑同饑寒的老長官。

湯坑屬於揭陽縣，一處位於山區並擁有腹地的小城鎮，街道建築已脫離我們自宋明以來木構為主的建築形式，由於與汕頭密邇相接，現代化建築型制全部移植到湯坑，店面貨品充盈，雖然烽煙味隱隱然衝鼻刺喉，每當墟集，老百姓推車挑擔依然自四面八方蜂擁而來，農產品填街溢巷。

湯坑有一座熱泉滾滾的湯池，幾有近百公尺長寬，四週砌以麻石，敷設水泥，夜夜泡湯男士在水中安然享受泡湯之樂。如此一處溫泉洗浴樂園，在老家聞所未聞，我當然不能讓它在眼前錯過，每日夜晚也在溫泉池中享受片刻歡娛，滌除徒步跋涉之苦，忘卻思親懷鄉之痛。

也許自己是十九歲的年輕小兵，老虎皮並未壓抑天性純良的本然，民眾也熱於以長者心懷接納，並不排斥我這個異鄉客；雖然言語不通，極少交談，彼此均能互相尊重而無鄙夷輕視事件發生。

中秋節後，部隊步行到揭陽，揭陽有條河流與汕頭航路相接，我首次坐小型輪船直放汕頭，載浮載沉，輕鬆悠然，在船上觀賞兩岸崗巒綿邈廬舍駢臻景色，自三月十五日入伍，五個多月長途翻高山渡激流之苦為之一洗淨盡了。

當兵是項以生易死的行業，苦多樂少，惟一的好處就是不費一毛錢可以行萬里路看盡大好河山壯麗景色。可惜行履匆匆，多數官兵全皆文盲，文盲不知歷史興替、人事代謝、成敗契機、功名榮枯，遇到好山好水亦只看作山長樹木水蓄魚蝦，全都漠然帶過，我也只能粗糙地諦視山水外表。不遑細密地與各地山水人文密邇傾心相交了。

軍人起用粗漢，因為他們頭腦簡單，思維單純，任何事只知直來直往，不會拐個彎想及因果與得失，幾句冠冕堂皇的精神喊話就能激發他捨命就死，譽之為捨身取義殺生成仁，他們就心甘情願毅然決然往這義仁路上走，千百年來國家民族就靠這批大老粗延續命脈於不墜。若是全用知識豐富頭腦敏銳的年輕人，生死大義未必能激發他不顧生命安危而以國脈民命為重的念頭，生死交關之際他的考慮自然會多些。所以大老粗只會行萬里路而難領會萬里路中勝讀萬卷書的效益，他的心胸中那股豪氣可以干雲，卻少迴腸盪氣餘味無盡的旖旎。

汕頭是所大海港，腹地寬宏，粵東地區貨物進出全靠這所海港吞吐達及全國與全球各地。

戰爭氣氛隨著人潮洶湧和地方組織解紐待變而濃烈了，入夜以後，街道只有燈光而少行人，軍人三三兩兩持著槍枝在街道上逡巡彳亍，珠寶金飾店為防搶劫提早關門，有的甚至人員疏散下鄉，整天不開店面。我那時只十九歲出頭，入行當兵只是為了圖個飽暖，如果冠冕堂皇說是為國為民，那真是一頂名實不副的高帽。要說是謀個前程，實際上原是以生命換那每月三塊銀元的上士薪餉。此中盈虧？我老爸沒算出，此時此際，我也不遑計及；至於未來何去何從？安危禍福？也無心吊掛心頭，每日晚上擠進影劇院觀賞不必買票即可入場看下半部電影——說是醉生夢死，不知死活，也算得上是實話實說。

在汕頭滯留一週，一天下午，全連集合帶至港口登船，去那兒，我不知道。港口碼頭，人員雜遝，物品堆積如山。男女老幼席地而坐，這兒一堆，那兒一群，等待登船離岸，未來走向天堂抑是地獄？誰也沒有勝算。

寫到這兒，我想到「毛主席」是不是一位救民水火仁民愛物的大政治家？千百年之後，歷史自有公評。假如他真正仁民愛物，真正救民水火，心懷應該為天之覆為地之載，不計敵我，不分恩仇，凡是回心向善，不論其贊同革命與否？只要願意歸田務農者，立刻寬恕令其還鄉為民，當年逃亡潮也不至於由北而南如同海嘯熔漿般沒岸淹屋，拔樹塌牆了。看看這些為逃避清算鬥爭而焦急苦待上船的老弱婦孺同胞，我的心在瀝血。

中華五千年史乘中發生過多少戰事，黃帝蚩尤之戰，禹帝兒子啟與有扈甘野之戰、商湯伐桀鳴條之戰、周武王牧野之戰，春秋戰國兼併侵吞，大小戰事不下數百次，秦始皇兼併六國之戰、西漢、三國、兩晉、南北朝……每一場戰爭都高舉正正之旗，堂堂之陣，高呼「弔民伐罪」，伐罪無可非議，一場戰爭結束，死傷最慘烈的仍然是無辜民眾，弔民成了吊民，人民全被餓被困無以苟活最後被迫上吊而死。戰爭迫使人民逃死救生中，骨肉乖離，兄弟死別，鋒鏑餘生之後，饑饉疾疫，變相煎迫，無可如何之下，只有一死了之。苦難不斷，苦了中華民族，也苦了仰天無告的同胞。

我們順利登船，呆坐在碼頭上的同胞，個個拋以艷羨的眼光。世亂歲月，生命懸在人家的刀刃上，誰有本領逃過死劫呢？生死大權掌握在禿鷹獅虎的利爪和銳齒下，幸而不死，那真是叨天之福。

輪船夜晚七時啟航，噸數不重，好像僅為六千多噸的輕型輪船。剛啟航，尚在港內，風平浪靜；英領事館座落右側山腹，西式洋房，頗為別緻。傍岸民舍，挨肩擁臂，錯落有致，漁船群聚岸沿，桅檣撓天。船出海港，立刻浪高如牆，船隻顛簸得像搖籃，人也感到暈眩而惶懼不安。

攸縣屬於山城，我未曾見過海光水色，輪船一陣前後搖晃，巨浪撲上船隻甲板的凶惡狀，令我不由暗喊：「阿彌陀佛，菩薩保佑。」禍福難測，吉凶未卜，未來只有聽天由命了。

暈船只有昏睡。第二日，大家才知道擔架排長傅化民、上士陳璧這兩個河南籍的老兵油子脫逃了。大海茫茫，何處是歸程？未來無理想，前途為杳迷，他們逃亡，豈能厚責其不忠不義，臨難苟免？萍飄蓬轉，何處紮根呀？

經過三晝夜的海上顛簸，船隻抵達高雄外港，我們被限制在輪船中不得登岸。兵荒馬亂，大陸敗亡的鮮血猶滴在高官大吏的衣衫上未曾洗淨，忠貞赤膽早已紛崩瓦解，誰忠誰奸？誰敢擔保。

胡璉兵團雖在贛粵山中疲敝奔波，忠貞不貳追隨中央，究竟其中有無潛匿的異心分子？乘機據地叛變，待時迎接敵人，誰也不能保證？港口司令部限制人不離船，只准船隻補充水糧和燃料，不能不算是臺灣此後六十多年安全繁榮的第一章。

輪船進港苦待一晝夜，第三天又啟航他去，去何處？我們不得而知。中途遭遇颱風，再駛回港內避風，風頭過去再出發，經過七晝夜海上風浪煎熬，輪船終於在許多光禿島嶼的圍困中進入一處狹窄港灣停泊，別人告訴我這是舟山島的沈家門。

※　※　※

自汕頭登船，在海上風急浪險中幾達半個月時間之久，走下船，兩足輕重失衡，好像路面高低不平，雖然脫離了船上搖晃飄盪的處境，在行進中仍有身在船上不穩定的感覺，待真真實實走路半小時之後，才習慣陸上穩健的步行。

暈船的味道不好受，一日兩餐，不知飢餓是何滋味？能夠酣然入夢，那就是老天好生之德。

船上擠滿了軍人和逃難的民眾，人多排泄也多，廁所排隊解放，由於排水不良，地面因海浪撲入而積滿了穢物，隨積水四處飄盪，髒臭不堪。逃難逃難，逃避敵人的砲火轟擊是難，在船上忍餓受渴穢物薰人也是難。

終於脫離船上生活登岸了，全團在沈家門附近村落駐下，等待搭乘別的船隻第三營歸隊。

由越泰進口的白米飯，白得令人心神皆醉。舟山出產的小魚乾，舟山同胞視之為賤物，我們則愛之如珍饈，每餐兩大碗飯吃得津津有味，鼓腹而歌。所謂背入背出，進得多也出得多，出入廁所的同仁紛雜而頻繁。舟山島突然進口這許多造糞機，不知島民是愛抑恨？究竟作何感想？

沈家門有幾條小市街，還有兩家紹興戲院，老兵油子都擠去戲院觀賞不買票也進場的紹興戲，我與作棟錫庚兩位老哥哥居然安分地呆在連上孵豆芽。

作棟老哥十三歲為生計參加游擊隊，老天疼憨人，大小戰爭沒有擄走他那條苦命。或許是閻王爺認為此類小人物讓他在人間活到不想活自己來報到才收留他。不過，老哥一生安分守己，誠實無欺，獲得天寵天愛，也是理所當然的事。錫庚老哥別看他從小苦難歷練，足跡也走遍冀豫數省之界，由於天賦純厚，秉性良善，把誠實安靜視為立身戒律，他倆在連上安之若素，不出大門，我也只有小和尚隨師唸經，不得枉作枉為，窩在連上享閒福。沈家門街道市容是何種面貌？我們都不曾一識廬山真面目。如今想來，三個如此其笨的蠢蛋，能夠觀光而不去觀光的名區奧景，失之交臂，未必就有重臨斯地的機會，真笨。

在沈家門安頓一週，立刻拔隊行軍到皋洩鄉，走了一整日，黃昏時分住進一棟木料構建頗饒中國富家風味的民宅，晚上沒有棉被保暖，十月下旬，舟山已然帶有北國寒意，我們把破夾衣緊緊裹在身上抵擋初冬刺骨的夜寒，憑著年紀輕火氣旺這副本錢，夜夜與寒意廝殺，欲眠又醒將將就就熬到天曉。

一日兩餐，清教徒式生活，嚐不到肉味，也看不見豬走路。舟山號稱我國最大的漁場，一三九〇個大小島嶼，面當長江出口，二萬二千二百平方公里海陸總面積，正是魚類繁殖的溫床，舟山同胞把魚蝦大蟹當青菜蘿蔔吃，在沈家門我們尚有小魚乾佐餐，到了皋洩鄉，連小魚乾也成了稀世珍品，沒有此份齊天洪福消受。

民家廚房擺著高矮大小的陶甕，裝著許多醃製品，其中一甕為紅褐色海鮮，當年，不懂什麼叫軍風紀？反正是你的就是我的，我的你莫動我的，軍民不分家；我與二位老哥把它洗淨切成丁煮湯。民家婦女笑咪咪跟我們指手劃腳說東道西。舟山話語與紹興話同出一系，「阿拉、儂」，音調柔和悅耳，婦女道來如同黃鶯囀春，教人神魂盪漾。他們語言神表令人猜得出熱情感人，我們卻有「雞同鴨講」的惶惑。待部隊駐紮鹽河鄉後，民家小店出售這類食品供人佐餐，我們才知道那是海蜇頭，必須蒜泥辣椒醬油等料涼拌才夠味，總之，這叫做豬八戒吃人蔘果——糟塌啦！

由皋洩鄉移駐鹽河鄉，只聽見海那廂有隆隆爆炸聲，火光燭天，半邊天宇明亮耀眼。我死老姓一個，居然不知道這已是某處發生了敵我爭奪戰。老兵成竹在胸，依然談笑自若。晚餐後，部隊集合出發。連長曾龍標少校為曾文正公後裔，久歷戎位，是位身經百戰的不死老兵，雖未位至將軍，戰爭經驗豐富，處事果斷圓融，從容不迫，進止自如，有他乃祖曾文正公馳騁乎疆埸從容乎經史之風。他命我留守，自己率領全連隨大部隊強行軍至定海港登艦出發。全團登船完畢，彈藥補給完備，防衛司令石覺將軍突然傳令停止出發，部隊回歸駐地，原來登步島戰爭結束，本師二二四團伍幹夫營長支援六十七師二五〇團率領全營奪回陣地，入侵登步島的共軍全部就殲，打贏一仗海島爭奪戰戰役。

伍幹夫湖南騾子，因功調升本團副團長，與團長廖發祥上校合作密切，協調步同，以後的大擔南日兩次勝利戰役，都在這二位指揮從容的長官手中完成。可能是天妒英才，老長官廖發祥升任將軍後，於馬祖防衛司令任中因肝癌辭世；伍幹夫升至上校後也默默以終。恩公曾龍標出任預七師中校軍醫組長後，於仁武駐地回新竹探親時，不幸於路中車禍喪生。這些老長官提早凋零，至今懷念不已。

冬天來了，早晚寒意襲人，每日須等待到九時以後陽光才露臉，沒有熱水洗澡，也無內衣褲按時更換，時日一久，蝨子不請自來，一旦天熱，牠會自動自發爬上衣領露臉表示我也是一時豪傑。除蝨必須衣服被褥等全用沸水消滅，官兵老虎皮只此一張，別無代替，為了滅蝨，大家在冬陽之下曝日捫蝨。沒有苻秦名相王猛的才氣，卻有王猛捫蝨而談的從容風流，真個有點諷刺。王猛談的是治國安民，開基創業，料敵致勝的國家民生大計。我們是天南地北飲食男女、雞毛蒜皮瞎扯胡說，不登大雅之堂，當然不得列入名人之譜。

十一月中旬，北國寒氣不曾遺忘舟山群島，整天只覺寒不可支，新棉衣終於運補到連，大小雖不合身，畢竟是新料剛出廠，倒也暖和。

大陸整個河山換了旗幟，國民革命軍可說是殘兵敗將，家業淪喪，只剩下金馬臺澎和舟山，這些新棉衣難道是國民政府早在臺灣設廠，門第雖然破落，珠寶卻是隨身攜帶，老本仍然完整無損，才有新衣運補前線執干戈以衛社稷的忠貞老兵？

我與作棟錫庚二位老哥住一間內室，前一間是副連長周化本寢眠之所，一張寬大雕花百態萬端的寧波床，周化本副座一人獨佔。此屋主婦是位年出三旬的婦女，丈夫去上海打工，周化本卻請他在客廳打臨時舖安頓自己，她的閨房成了副連長下榻之所，他住得心安理得，毫無慚愧之色。那位主婦可能懾於軍人「光臨寒舍」，隨時有禍不可測之危，也未見她有怨懟不愉的表情。

記得自江西到廣東一路旅程中，部隊只要有三五天休息時間，排長立刻教士兵唱軍歌，歌詞曰：「革命軍，好比一條魚呀嗨，老百姓好比河裡的水呀嗨，魚在水裡游來游去游呀嗨！魚兒離水呀！難得活呀咦呀嗨！難得活呀咦呀嗨！」

革命統帥一心希望軍不欺民，民心向軍，軍民相處如水乳交融，協同合作，才能戰勝敵人，贏得戰爭。我們湖南郴州老鄉周化本副座卻把屋主攆去客廳安寢，自己睡屋主閨闥的雕花寧波床，這真叫做「軍民合作，魚水融洽」。周副座可能不曾體會此首軍歌的含意所在？所以援舊例「鵲巢鳩佔」，喧賓奪主住得心安理得，了無愧色。

軍風紀如此不上正軌，與我們在廣東湯坑一帶，汪光堯將軍雷厲風行執行的「開口笑，江滿水，洗澡避女人，廁所挖茅坑，掃地還門板……等作法」相距十萬八千里。倘若所有軍隊路過處全都倒行逆施，國民革命軍離民眾遠了，豈有不兵敗如山倒之理。

年關將近，老百姓連家挨戶準備迎接舊曆年，部隊突然接奉命令，各營連普遍設置中山室，中山室琴棋鑼鼓一一補給到連。中山室需要精神布置，讓官兵置身其中有一種心境寧靜愉悅之感，才能算是達到設置的目的。四川無大將，廖化充先鋒，我在學校學得一點點雕蟲小技全排上了用場，比如出壁報、畫漫畫、製作牆壁大型文宣標語，以藝術字或正統書法寫宣傳標語等等，除了連上中山室布置奪得全團冠軍外，直屬幾個連全由我出馬代為設計製作完成。

我非上駟之才，卻當千里馬充用。當年由大陸撤守時，地方上有官有位有學有品的大小人物，為了逃命紛紛投軍補一名上等兵入伍，披上老虎皮，就可隨軍乘車登船不受阻撓，可說是珠玉滿櫝，人才濟濟。我這麼一丁點兒草科，那能與人相提並論呀？可能是別人蘊蓄豐富而才不外露，我則是三月桃李。不等春風暖陽撫拂就遏制不住自己萌蕾開花了。這一丁點兒才能，居然渥蒙團長廖發祥上校和政戰處主任鄭菊生中校賞識，三九年元月一日晉升為團作戰組准佐司書——升官啦。

自三月十五日入伍為文書上士到升任准佐司書共九個月又十六日。

※　※　※

中華人民共和國於一九四九年十月一日在北平正式掛牌開幕。

中華民國在軍閥割據、日寇侵華，共產黨亟亟取而代之的百般苦難下勉強營業三十八年時間，那塊由國父與諸先烈的血汗千錘百鍊打造的金字招牌，來不及取下帶走，便被解放軍在南京摘下丟了。

讀「毛主席」《沁園春》：

江山如此多嬌，引無數英雄競折腰；秦皇漢武，略輸文采；唐宗宋祖，稍遜風騷；

一代天驕，成吉斯汗，只識彎弓射大鵰。俱往矣，數風流人物，還看今朝。

可以看出「毛主席」躊躇滿志，豪氣干雲的氣燄。就詞論詞，這首詞真是好詞，置之唐詩宋詞中，絕不遜於歷代名詩人詞家之右。

「毛主席」憑著湖南省二師畢業的學歷（他與我們生物老師彭焰吾老師為同班同學），一位北京大學圖書管理員身分，讀遍史籍成敗興廢史例，即使在延安被國軍圍困而不得舒展四肢時，依然手不釋卷，自歷史事例中尋覓成功與統御之道，他智計多端、精力充沛，非常人所能及。打情報戰、謀略戰、經濟戰、文化戰、心理戰……都能高人一等，所以才能在國民黨軍隊傾全力抗日而終於贏得八年戰爭勝利志得意滿之際，吵起全民反蔣聲浪，一舉而得天下，為中華人民共和國在歷史長河中佔據一段歲月，此種化無為有的局面，哪能不「數風流人物，還看今朝」呢？

總統蔣公對國家民族的貢獻須要歷史學家秉持良知公正落筆，他的一生作為也未必如中共宣傳著作中那麼不堪，歷史「成王敗寇」的例子史不絕書，敗者未必即寇，成者也未必就是仁及枯骨的王。中華江山版圖，中華人民共和國擁有一大塊，中華民國只有零碎一角臺灣。中共業已掌握了歷史注釋權。兩黨近百年角力只是為了政權。但歷史不能扭曲，中華民國對中華民族有無獻盡赤誠忠心為維護他的完整與歷史綿延而赤裸裸付出？殷望中外有良知的史學家忠實記下來，讓兒孫引為殷鑑。

海那岸鑼鼓喧天扭秧歌慶祝國家成立，舟山島幸有海浪澎湃作天然屏障而讓我們吁喘得一口氣。

舟山島民照樣興烘烘磨年糕曬臘物準備過年。軍隊物資匱乏，也得張羅一番，讓官兵肚皮塞進一點點油水。

正月初一，一樣地恭喜發財，初二日開始，各營連出動舞獅踩高蹺花船戲蚌……等遊藝隊伍助興，倒也把戰地的春節炒得興緻勃勃，人人歡喜；國破家亡之痛也暫時擱在一邊。早些年，電視圈中的名演員左右，就是本團政戰處左起屏少校。

春節鬧過，我必須走馬上任——作戰組准佐司書。

司書當然是文書行業，只是比上士高了一級，刻鋼板，收發公文……司書責無旁貸。想到自己這九個月文書的苦難折磨，我決心不到職。你猜怎麼著？我當文書時，師部副官組上尉書記官盧保濤，成日把我當湯圓搓，搓圓搓扁，隨他當時高興，訓責呵斥日日上大菜，反正我是動輒得咎，無一是處，做不得小媳婦也做不得女兒——豬八戒照鏡子，裡外不是人。團部一名小小准佐司書顧天德，比上士高一級，我們業務相關，成日視我為眼中釘，做好了訓一頓，做壞了也得訓一頓，大魚吃小魚，小魚吃蝦米，我這隻小蝦米，義不容辭地成了他的出氣筒。他出氣，我受氣，活得真不是滋味。

我私下問自己：「我這麼惹人厭嗎？」我自己覺得多少有一點點可愛。幸好我不自閉，挨訓一陣風，過了仍然雨去天晴。這兩位大爺是我命中剋星，但絕對剋不死我。

想想搞文書業務如此之苦。我怎麼可以為了一名小小准佐官位而往自家頸上套繩索——吊死自家呢？我堅不到職。恩公連長曾龍標少校是團長廖發祥上校的老部屬，紅人，他在團長面前有一言九鼎之力，他向團長疏通，團長自然順從點頭。再說，恩公也捨不得連上唯一一隻寶——人「柴」外流。最後央請老友梁世仁以上士領准佐薪俸（月薪銀元伍元，上士三元）代我。我則不以升官為榮迷迷糊糊在連上搞我的舊行業文書業務。

九個多月上士經歷即升上軍官，論理說應該算是「一帆風順」，此後生涯，既無長官提拔，也無同事援引，三九年軍官年資，只升得一名不死不活不飽不餓不榮不辱不好不壞的破中校——吊著一口游絲氣活到解甲而歸不了田。

四月中旬，舟山轉進。

轉進一詞是吊死鬼搽粉——死愛面子。實際上是軍力薄弱，遲早守不住，乾脆早一點腳底下抹桐油——溜之乎也，撤退。

我以為反攻上海，真是豬腦殼想不出好點子，把一冊熟讀的《古文觀止》，一部精裝的《世說新語》和幾幅自江西拾得的花鳥國畫……全寄存房東家，以為反攻上海戰事結束，可回防領回物品。自己就領悟不出軍隊行止，原就是水過無痕，去東往西，一去不回頭。結果，我丟棄了我相隨相偕半年以上的家當，至今想來，猶覺心痛。

自己原本有十幾塊銀元私蓄，被特務長高耀祖連哄帶騙——老虎借狗，借走了，我變得身無分文，真個是乾乾淨淨，光棍一條。

同樣是人，別人就有本領自我荷包中把錢掏走，而且掏得自己心甘情願，以為情感到家。可見智慧有高低，聰明有精粗，人家早有居心，我卻把人當作心腹知己。誰也不怪，只怪我老爸老娘製造我時，粗心大意，隨便捏個模子就把我生下來，不曾精工細琢，多下一點打造功夫，才成了今日這種賤價也賣不出的爛貨色。自己掏出賣命錢供別人恣意享受，還真絕啦！

團直屬連隨即出發，行軍到克難碼頭，軍長劉廉一將軍坐鎮碼頭督陣。我們乘的是萬噸級「海宙輪」，另外幾艘船艦停在四週待命。這時候我才知道不是反攻上海，而是美援顧問團建議最高統帥放棄舟山，集中兵力守護臺灣基地。

這一次回師臺灣，安全而愉快，因為中共海軍尚無餘力縱橫東太平洋海域。有無第七艦隊巨大海軍實力掠陣？我不清楚。中共剛剛立國，多年國共兩黨軍隊對峙，你勝我敗，你敗我勝，此時節亦已疲了，如果貿然出軍海戰，鹿死誰手？很難逆料，與其冒萬險而未必有勝算，自然一動不如一靜，眼睜眼閉讓國軍全師回台。

經過幾晝夜海上航行，終於在三九年五月十九日抵達基隆港，蔣夫人以寧波腔國語致歡迎詞，下船時，每人發香蕉兩根麵包兩只慰勞。自此，我在臺灣落根成家。

感謝臺灣同胞樸厚而友愛，溫情更善良。他們不排斥我們，而且敞開胸懷接納我們，讓我們在這塊土地上貢獻心力與智慧，共同創造春天，共同愛這塊土地。也讓我們成家立業，生兒育女，同享自由與不虞飽暖的平民生活。

我們血液中都奔流著炎黃後裔的遺傳因子，雖然兩黨為角力政權大位，害我們連帶遭受羞辱，神智清明的善良同胞，依然視我們如手足家人。那些逞口舌之快為選票奪大位而罔顧良知的人畢竟少數。我們與所有臺灣同胞一樣，愛臺灣，愛這處美麗豐饒的大地。

一個無名無位的窮措大，原無功業名位可資追述，自三十九年以後的平庸人生不再獻醜了，到此為止，鞠躬下台。

釀文學180　PC0442

一生都在跑龍套
——人生散文選

作　　者　任　真
責任編輯　陳佳怡
圖文排版　周妤靜
封面設計　王嵩賀

出版策劃　釀出版
製作發行　秀威資訊科技股份有限公司
114 台北市內湖區瑞光路76巷65號1樓
電話：+886-2-2796-3638　傳真：+886-2-2796-1377
服務信箱：service@showwe.com.tw
http://www.showwe.com.tw
郵政劃撥　19563868　戶名：秀威資訊科技股份有限公司
展售門市　國家書店【松江門市】
104 台北市中山區松江路209號1樓
電話：+886-2-2518-0207　傳真：+886-2-2518-0778
網路訂購　秀威網路書店：http://www.bodbooks.com.tw
國家網路書店：http://www.govbooks.com.tw
法律顧問　毛國樑　律師
總 經 銷　聯合發行股份有限公司
231新北市新店區寶橋路235巷6弄6號4F
電話：+886-2-2917-8022　傳真：+886-2-2915-6275

出版日期　2015年1月　BOD一版
定　　價　270元

Printed in Taiwan

國家圖書館出版品預行編目

一生都在跑龍套：人生散文選 / 任真著. -- 一版. --
臺北市：釀出版, 2015.01
面； 公分
BOD版
ISBN 978-986-5696-69-6 (平裝)

855 103026081

讀者回函卡

感謝您購買本書，為提升服務品質，請填妥以下資料，將讀者回函卡直接寄回或傳真本公司，收到您的寶貴意見後，我們會收藏記錄及檢討，謝謝！
如您需要了解本公司最新出版書目、購書優惠或企劃活動，歡迎您上網查詢或下載相關資料：http:// www.showwe.com.tw

您購買的書名：________________________________

出生日期：________年________月________日

學歷：□高中（含）以下　□大專　□研究所（含）以上

職業：□製造業　□金融業　□資訊業　□軍警　□傳播業　□自由業
　　　□服務業　□公務員　□教職　□學生　□家管　□其它_____

購書地點：□網路書店　□實體書店　□書展　□郵購　□贈閱　□其他

您從何得知本書的消息？

□網路書店　□實體書店　□網路搜尋　□電子報　□書訊　□雜誌
□傳播媒體　□親友推薦　□網站推薦　□部落格　□其他__________

您對本書的評價：（請填代號　1.非常滿意　2.滿意　3.尚可　4.再改進）

封面設計____　版面編排____　內容____　文／譯筆____　價格____

讀完書後您覺得：

□很有收穫　□有收穫　□收穫不多　□沒收穫

對我們的建議：________________________________

____

____

____

請貼
郵票

11466
台北市内湖區瑞光路 76 巷 65 號 1 樓
秀威資訊科技股份有限公司 收
BOD 數位出版事業部

（請沿線對折寄回，謝謝！）

姓　　名：＿＿＿＿＿＿＿＿　年齡：＿＿＿＿　性別：□女　□男

郵遞區號：□□□□□

地　　址：＿＿＿＿＿＿＿＿＿＿＿＿＿＿＿＿

聯絡電話：(日) ＿＿＿＿＿＿＿＿＿＿ (夜) ＿＿＿＿＿＿＿＿＿＿

E-mail：＿＿＿＿＿＿＿＿＿＿＿＿＿＿＿＿